경험 많은 너와
경험 없는 내가
사귀게 된 이야기.
9

chara
185
180
175
170
165
160
155
150
145
140
135
130
125
120
115
100
095
090
085
080
075
070
쿠지바야시 하루쿠
쿠로세 마리아
시라카와 키티
hello

cters
185
180
175
170
165
160
155
150
145
140
135
130
125
120
115
110
105
100
095
090
085
080
075
070
시라카와 루나
카시마 류토

chara
185
180
175
170
165
160
155
150
145
140
135
130
125
120
115
110
105
100
타니키다
아카리
이지치 유스케

cters
185
180
175
170
165
160
155
150
145
140
135
130
125
075
070
야마나 니코루
세키야 슈고
니시나 렌

"어……?!"
나도 모르게,
루나의 속옷 차림을
상상하게 되었다.

류토는 어떤 속옷이 좋아?
색이나 모양 같은 거.

어서 와♡

경험 많은
너와
경험 없는
내가
사귀게 된
이야기.

9

나가오카 마키코 지음

magako 일러스트

AK novel

CONTENTS

프롤로그

서른까지 동정이면 마법사가 될 수 있다는 도시 전설을 들은 적이 있다.

아직 여자 친구도 이성 친구도 없었던 고등학교 때, 진작에 그쪽 인간임을 자각했던 나는 그런 일이 있을 리가 없다고 생각하면서도 막연히 '하긴 마법 정도는 쓸 줄 알게 되어야 수지가 맞지.'라고 생각했다.

하지만 그런 나에게 기적이 일어나 루나라는 여자 친구가 생겼고.

그럼 반대로 동정이 아니게 되면 어떻게 되는 걸까?

라는 몽상을 하는 날들이 도래하게 됐다.

몸과 마음 모두 어른이 된 증거로 하룻밤 사이에 시야가 트이고, 어제와는 전혀 다른 세상이 눈앞에 펼쳐지는 걸까?

아니면 터무니없는 자신감과 힘이 차올라 슈퍼 히어로처럼 뭐든지 할 수 있을 것 같은 전능감이 온몸을 내달리려나?

하지만 현실은 둘 다 아니었다.

나는 여전히 나인 채로…… 스무 살의 대학교 3학년 학생 카시마 류토인 채로, 그저 동정만 아니게 되었을 뿐이다.

시야에 들어오는 풍경도, 몸속에서 느껴지는 힘도 그전과 아무것도 달라진 게 없었다.

하지만 여자 친구인 루나를 향한 마음에는 확실히 변화가 있었다.

당연히 좋은 의미로다.

◇

새해가 밝았다.

학기가 시작되자 눈 깜짝할 사이에 시험 기간이 됐고, 그것이 끝나자 봄방학이 왔다.

그리고 2월 하순, 나는 루나와 새로 이사할 집을 고르는 데 온 신경을 쏟고 있었다.

4월부터 동거하는 것을 목표로 둘이서 살 집을 찾고 있다.

"집구경 기대된다~! 왠지 가슴이 두근거려!"

새로 이사할 집 후보들을 구경하러 가는 부동산 중개인의 차 안에서 루나가 환성을 질렀다.

오늘은 오전부터 부동산 중개소를 방문했고, 이제부터 눈여겨봐 뒀던 집 세 군데를 보러 다닐 예정이다.

각자 부모님에게 승낙을 받고 봄부터 동거할 계획을 세우기 시작하면서 우리들이 가장 먼저 고민했던 건 주거할 동네였다.

루나도 나도 지금 살고 있는 본가가 도심 주요 역과 얽어지면 코

닿을 거리에 있어서, 생각 없이 비슷한 수준의 이동 편리성을 추구했더니 집세가 비싼 지역만 나왔다. 부모님은 과연 편리한 곳에 자가를 두고 계신다고 생각했다.

결국 우리들이 이사할 동네로 선택한 곳은 도쿄도 내에 있는 K시였다. 루나의 직장과 전문학교가 신주쿠 근처라 신주쿠로 나가기 쉬우면서 땅값의 시세도 적절하다는 이유로 결정했다.

그 대신 내 통학 시간이 조금 길어지긴 하겠지만, 4학년이 되면 학교에 갈 일도 잘 없을 테니 거의 매일 도심을 왕래하는 루나의 편의성을 우선하기로 했다.

참고로 일주일에 한 번 하고 있었던 내 학원 강사 알바는 이번 연도 수험생의 수업이 모두 끝난 지난주에 그만뒀다. 이사를 하면 다니기 힘들어질 것이기도 했고, 애초에 대학생 강사들 중에는 취업 준비 등을 이유로 3학년까지만 하고 그만두는 사람이 많았기에 주변의 분위기에 편승한 셈이다.

"그런데 류토, 용케 부모님한테 오케이를 받았네? 우리 집은 아빠부터가 좀 그렇다 보니? 모쪼록 마음대로 하시라는 분위기였지만, 류토의 부모님은 성실한 분들이실 것 같은데, 졸업 전 동거를 허락해 주셨잖아."

차창 밖으로 흐르는 풍경을 보던 루나가 불쑥 나를 돌아보며 말했다.

"응? 아아…… 응, 그러게."

나는 애매하게 대답했다.

루나에게는 아직 후지나미 씨에게 받은 제안에 대해 말하지 않았다.

부모님이 납득해 주신 건 취직하자마자 바로 결혼하고 해외로 나가 살 가능성이 있다는 얘기를 털어놓은 것이 컸기에, 그 사실을 루나에게 이런 곳에서 아무렇게나 밝힐 수는 없었다.

어머니는 오히려 해외 취업 쪽에 더 충격을 받았는지, 동거 쪽은 의외로 순순히 받아들여 주셨다.

"……루나랑은 오래 사귀었으니까. '어차피 결혼할 생각이면 나중에 버려지지 않게 지금부터라도 루나한테 단련을 받으라'던데."

그런 말을 들은 건 사실이다. 편집부 알바는 계속하겠지만 생활비가 부족해지면 금전적으로 지원도 받기로 했다. 정말이지, 고개를 들 수가 없다.

"하긴. 류토는 계속 본가에서 지냈지. 나도 마찬가지긴 하지만."

"부엌일도 빨래도 20년 넘게 부모님에게 맡겨 왔으니까, 적응할 때까지 많이 힘들 것 같아……."

"괜찮을 거야! 요즘 가전제품들은 정말 우수하니까! 처음인 사람들끼리 같이 힘내자!"

난처하게 웃는 내게 루나가 해맑은 미소를 지었다.

처음인 사람들끼리, 라는 말에 가슴이 뜨거워진다.

그렇구나. 본가를 떠나서 다른 사람과 함께 사는 건 루나도 처음이구나.

고2, 루나와 치바에서 열린 여름 축제에 갔던 기억이 난다.

—처음이면 좋았을걸…….

—전부 류토가 처음이었으면 좋았을 텐데……. 내 기억을 지우고 싶어…….

그때, 애처로울 만큼 슬프게 눈물을 흘렸던 17살의 루나에게 가르쳐 주고 싶다.

처음이라고.

같이 사는 것도, 결혼하는 것도. 어쩌면 그 뒤에 탄생할 새로운 기쁨도…… 앞으로 우리에게 벌어질 일들은 전부, 우리 두 사람에게 첫 경험이 될 거라고.

자신감을 가지고 이렇게 생각할 수 있게 된 건 내가 큰 '처음' 하나를 경험했기 때문일지도 모른다.

"……."

자동차 뒷좌석에 앉아 있던 나는 앞쪽 백미러를 확인했다. 운전석에 앉아 있는 남성은 부동산 중개소의 영업 직원 사토 씨로, 똑바로 진행 방향을 보며 핸들을 쥐고 있다.

나는 전방에 시선을 고정한 채로 한쪽 손을 루나에게로 뻗었다. 그 무릎 위에 놓인 한쪽 손을 잡고 살며시 쥐었다.

"……."

옆얼굴에 루나의 시선이 느껴진다.

그녀도 손에 꾹 힘을 주었다. 그 바람에 두 사람의 손이 루나의 미니스커트 밖으로 나온 양쪽 허벅지 사이로 파고들었고, 매끄러운 살결과 보드라운 탄력, 단단히 맞물려 있던 두 다리 사이의 은근한 습기까지 느껴져서.

몸이 홧홧해져 다시 백미러를 확인했다.

“좀 있으면 첫 번째 집에 도착하겠네요!”

그때 사토 씨가 입을 열어서 저도 모르게 가슴을 철렁거렸다.

“아, 네!”

“기, 기대된다~!”

우리는 황급히 손을 떼며 아무 일도 없었던 것처럼 대답했다.

◇

“와, 멋지다~! 거실이 넓어!”

첫 번째 집으로 들어가자 루나가 환성을 질렀다.

“물건이 없어서 휑하게 느껴지시죠. 아마 가구를 들여놓으면 본가 거실보다 좁게 느껴지실 수도 있겠지만, 두 분이 살기에는 충분하고도 남을 겁니다.”

사토 씨의 말대로 소파와 TV를 두면 바로 다 차 버릴 것 같은 공간이지만, 원목 느낌을 낸 시스템키친과 한쪽 면에만 회색 벽지를 발라 포인트를 준 벽이 세련돼 보였다.

“이쪽에는 워크 인 클로젯이 있고요.”

우리가 방 안을 둘러보는데 사토 씨가 안쪽 문을 가리키며 그렇게 안내했다.

"워크 인 클로젯? 와~! 엄청 갖고 싶었던 건데~!"

루나가 눈을 빛내며 문을 열었다. 확실히, 루나의 본가 분위기를 생각하면 워크 인 클로젯은 없을 것 같다.

"와~ 대박! 꼭 방 같아!"

내부는 1평 정도 되는 세로로 긴 공간으로 벽 가에는 옷걸이를 걸어둘 수 있는 봉 두 개가 위아래로 배치되어 있다.

"헐, 이것 봐! 안에 들어가서 걸어 다녀도 무리가 없어!"

"그래서 '워크 인'이라고 하는 거겠지."

천진난만한 루나의 반응에 웃으며 말하자 루나가 눈을 반짝였다.

"그렇구나! 역시 류토! 똑똑해~!"

"아니, 그 정도까지는……."

기쁘긴 했지만 사토 씨도 듣고 있는지라 눈치 없는 커플 같아서 창피했다.

"류토도 같이 '워크 인' 하자!"

"으, 응."

루나의 손짓에 나도 클로젯 안으로 들어갔다.

그러자 루나가 클로젯의 문을 닫았다.

"이것 봐, 문을 닫아도 엄청 넓어!"

"진짜네."

그때, 불현듯 눈을 마주친 루나가 바로 부끄러운 듯이 시선을 피했다.

"……?"

뭐지, 라고 생각한 다음 순간.

루나가 말없이 내게 안겨 왔다.

"……!"

턱에 루나의 머리가 닿자, 숨이 막힐 듯한 샴푸 향기와 달콤한 향수 냄새가 감돌기 시작한다.

맞아, 지금 이 클로젯 안에는 우리들 둘뿐이구나……. 그렇게 생각하자 몸 안쪽에서 뜨거운 것이 치밀었다.

한편으로는 밖에 사토 씨가 있다는 상황에 가슴을 두근거리고 있자니.

살짝 몸을 떼며 눈을 마주 본 루나가 이끌리듯이 얼굴을 가져다 대기 시작했다.

"……!"

놀라면서도 가슴속에서 타오르는 불길에 저항하지 못하고 입술을 맞댔다.

문 건너편에 사람이 있는데도 이런 짓을 해 버리다니……. 하지만 그 배덕감조차 흥분을 부추기는 촉매가 된다.

루나의 보드라운 입술을, 더는 아무런 생각도 하지 못할 만큼 탐닉한다.

가볍게 입술을 쪼았다 떼고 서로를 응시한 뒤 재차 입술을 맞댄다.

그러자 입술이 아닌 것의 축축한 감촉이 느껴져 저도 모르게 콧김이 거칠어졌다.

그렇다면 나도…… 라는 생각에 연달아 입술을 맞댈 때 혀를 내밀었더니 이번에 루나의 입술은 다물려 있었다.

민망함을 느끼며 다시 입술을 대자 또다시 루나의 혀끝이 입술을 핥았다.

둘 다 혀를 내밀고도 상대방에게 받아들여지지 못해 창피함에 눈치를 살핀다. 전혀 타이밍이 맞지 않았다.

그런 일이 몇 번이나 반복되자, 우리들은 저도 모르게 얼굴을 마주 보며 웃고 말았다.

"우후후."

그때였다.

"괜찮으세요~?"

사토 씨가 문밖에서 말을 걸어 왔다.

"……!"

"앗, 네! 괜찮아요~!"

루나가 굳어버린 나 대신 대답하며 황급히 문을 연다.

"뭔가 마음에 걸리는 부분이라도 있으셨나요?"

사토 씨의 질문에 나는 쩔쩔매며 고개를 가로저었다.

"아, 아뇨……! 어, 엄청 좋았어요……."

힘들게 짜낸 자신의 말이 어쩐지 키스의 소감처럼 들리는 바람에 저도 모르게 얼굴이 달아올랐다.

"정말, 엄청 좋은 집이네요!"

루나는 이미 원래대로 돌아와 사토 씨에게 말을 걸고 있다. 나는 아직 몸과 마음의 열기가 가시려면 시간이 걸릴 것 같은데.

"그렇죠. 지어진 지는 제법 됐지만 전체를 싹 다 리모델링해서 부엌이랑 화장실 구조도 신식이고 깔끔해요."

"완전 깔끔해요! 집세가 얼마였죠?"

"15만 엔입니다."

그 말에 나와 루나는 다시금 얼굴을 마주 보았다.

"15만 엔…… 역시 비싸구나."

"이 조건에 이 가격이면 충분히 저렴한 편이라고 생각하는데요."

사토 씨는 그렇게 말했지만, 현재 둘 다 아르바이트를 하는 학생인 우리들로서는 즉시 결정하기 힘든 집세의 매물이라 고민하며 집을 뒤로했다.

두 번째로 구경하러 간 집은 집세가 6만 엔으로 저렴한 건 좋았지만, 건축년수가 그대로 드러나는 레트로한 분위기의 실내 인테리어로 첫 번째로 구경한 집과의 격차가 심해서 루나의 반응도 심드렁했다.

세 번째로 구경한 집은 첫 번째만큼 넓고 세련되지는 않았지만, 두 번째만큼 오래된 느낌도 없고 학생 둘이 살기에는 딱 적당하게 느껴졌다.

"이쪽도 지어진 지 오래된 집이지만 부엌과 욕실이나 수납 부분은 수리돼 있어서 전체적으로 말끔해 보이죠. 10평 정도에 방이 두 개니까 각자 방으로 쓰셔도 되고, 이쪽 미닫이문을 열면 주방과 연결된 방이 나오니까 이 방을 거실로 두고 옆에 있는 방을 침실로 쓰시는 것도 방법이겠네요."

"앗, 그거 좋다! 그렇게 하자, 류토!"

사토 씨의 설명을 들으며 루나가 눈을 반짝였다.

"그리고, 이쪽에도 옷방이 있으니까 모쪼록 구경해 보세요."

안쪽 방으로 진입하자 손에 들린 평면도를 보고 있던 사토 씨가 그렇게 말했다. 완전히 클로젯에 환장한 사람으로 여기는 기색이라 창피했다.

루나가 옷방의 문을 열었다.

"아, 꽤 넓어!"

그렇게 말한 뒤 살짝 아쉬운 듯한 표정을 지었다.

"하지만 걸을 수는 없어……."

"여기는 '워크 인'이 아닌가 보네."

"그래도 이 정도면 충분하고도 남긴 해! 시즌별로 입는 옷은 정해져 있으니까, 안 입는 옷들은 본가에 놔두지 뭐!"

"그런 건 이참에 정리해."

"헐~."

내가 쓴웃음을 지으며 한 말에 루나가 뺨을 부풀렸다.

"그래도 뭐, 그러게. 좋은 기회긴 하네!"

그렇게 수납 문제는 해결됐다.

두 번째로 구경한 집의 수납공간은 전부 붙박이장 형식이라 루나도 반응이 좋지 않았는데, 이 집은 워크 인은 아니라도 옷방이 따로 있어서 그런지 만족하는 듯 보였다.

"……그럼, 여기로 할까?"

"그럴까?"

두 번째 집보다 조금 비싸지만, 첫 번째 집의 반값인 7만 엔 선에서 집세를 해결할 수 있으니 이쯤에서 타협하는 것도 나쁘지 않을 듯했다. 그런 심리 상태가 되도록 집을 구경하는 순서를 정해 놓은 거라면, 이 40대 중반의 남성 영업사원 사토 씨는 상당한 능력자일 것이었다.

"잠시 의논하면서 구경해도 될까요?"

"물론이죠. 천천히 둘러보세요."

그렇게 말해 줘서, 우리들은 집 안을 돌아다니며 의견을 나눴다.

"그런데 류토, 아까부터 계속 입술을 만지는데 무슨 문제라도 있어?"

"아니, 왠지 얼얼해서……."

내가 대답하자 루나는 '아!' 하고 소리를 질렀다.

"어쩌면 내 립글로스 때문일지도."

"뭐?"

"오늘 맥시마이저를 바르고 와 버렸거든. ……집구경을 가는 거니까, 설마 키스를 할 줄은 생각도 못 해서."

끝으로 갈수록 목소리를 살짝 낮추며 들리지 않게 말하는 모습이 귀여웠다.

"맥시마, 이저?"

옛날 스포츠카 중에도 그런 이름을 가진 게 있었지, 라는 생각을 하고 있는데 루나가 고민하듯이 살짝 얼굴을 찌푸렸다.

"립 플럼퍼라는 종류의 립글로스 제품인데…… 그 뭐지, 고추의 매운 성분, 이었던가?"

"……캡사이신?"

"맞아! 그런 게 들어 있어서 바르면 입술이 화하게 부풀어 오르면서 세로 주름이 사라지고 입술이 도톰해져!"

"헐…… 그, 그거, 괜찮은 거야?"

"괜찮아. 고등학교 때부터 계속 썼으니까."

"그렇구나……."

우리들이 처음 만났을 때부터 루나의 윤기 나는 입술을 지켜 와준 아이템이라면 믿을 수 있겠지. 그래도 루나의 높은 미의식에는 새삼 감탄이 나왔다.

"……아파?"

루나의 걱정 섞인 질문에 나는 재차 입술을 만졌다.

"응, 뭐, 살짝……."

아프다고 할까, 얼얼하면서 화한 위화감이 느껴지는 상태다.

"……이건 몇 시간 정도 지속되는 거야?"

"응……? 다시 바르거나 하지 않는다면 길어도 몇 시간 아닐까?"

"그렇구나……."

"미안. 여태까지는 류토랑 키스할 것 같은 때는 바르지 않았거든. 그리고 반짝이가 달라붙는 것도 싫어할 것 같아서 데이트 때는 가급적 틴트 계열로 골랐어."

그랬구나. 루나가 그런 부분들까지 일일이 고려하며 그날 사용할 화장품을 선택하고 있었을 줄은 꿈에도 몰랐다.

"그래도, 그렇네……. 같이 살게 되면 언제든지 키스할 수 있으니까…… 앞으로는 평소에도 조심할게."

"딱히 그렇게까지 신경 쓸 필요는 없어. 몸에 해롭지 않다는 건 알았으니까."

그리고 입술에 이 위화감이 남아 있는 동안에는 루나와 나눈 키스의 여운에 젖어 있을 수 있으니까. ……하지만 그렇게 생각하면서도 그 생각을 차마 입 밖으로 내뱉지 못하는 나는 역시 인기남과는 거리가 멀다.

"그래? 그래도 조금은 신경 쓸게."

후훗 하고 웃으며 말한 루나는 곧이어 뭔가를 깨달은 듯이 자신의 핸드백 안으로 손을 집어넣더니 스마트폰을 꺼내 화면을 보았다.

그리고는 살짝 낙담한 기색으로 다시 스마트폰을 가방에 넣었다.

"……왜 그래?"

기다리는 연락이라도 있나 싶어 물어보자, 루나는 고개를 가로저었다.

"니콜인 줄 알았는데 앱 알림이었어. ……니콜이 요새 답장이 늦어지고 있거든. 잘 연락이 안 돼."

"그렇구나."

고등학교 시절 거의 매일 밤 길게 통화를 나누던 두 사람이 지금은 이렇게 될 줄이야.

"언제부터 그랬어?"

"올해 들어서려나……. 크리스마스 뒤에 전화했을 때도 이상했고. 류토한테도 말했지?"

"그랬지……."

역시 닛시와 보낸 크리스마스이브를 기점으로 야마나의 심경에 뭔가 변화가 생긴 걸지도 모르겠다.

—니코루, 처음이었어.

닛시가 전화로 밝힌 사실을 떠올린다.

나는 여자가 아니라 몇 년이나 일편단심으로 좋아했던 세키야 씨와도 끝까지 하지 않았던 야마나가 어떤 심정으로 닛시와 관계를 맺었을지 상상할 수조차 없었다.

"니시나랑 무슨 일이 있었다고 해도, 나한테 상담조차 하지 않다니…… 괜찮으려나, 니콜."

"분명 일이 바빠서 그런 것도 있지 않을까? 기다리다 보면 조만간 또 연락이 오겠지."

"그럴까?"

"응. 야마나니까."

두 사람이 서로를 누구도 대신할 수 없는 친구로 여기고 있다는 건 나도 고등학교 때부터 봐 와서 알고 있다. 인생에는 저마다 다양한 단계가 있는 법이니, 지금은 친구를 가만히 지켜봐 줄 시기가 된 것이리라.

그렇게까지 조리 있게 말해 주지는 못했지만, 내 위로에 루나는 납득한 얼굴을 했다.

"그렇구나. 그렇겠지!"

루나는 밝은 표정을 짓더니 곧이어 퍼뜩 정신을 차렸다.

"그런데 우리, 살 집을 정해야 하잖아!"

"그렇지."

"나는 여기가 괜찮은 것 같은데, 류토는?"

"나도 그렇게 생각해."

"그럼 정해진 거네!"

이렇게 살 집을 정하는 문제는 순식간에 결론이 났다.

"여기로 할게요."

현관 부근에서 대기하고 있던 사토 씨에게 말하러 가자, 그는 만면에 미소를 지으며 고개를 끄덕였다.

"알겠습니다."

그리고는 그 미소를 유지한 채로 유창하게 말을 이었다.

"훌륭한 결단이라고 생각합니다. 그럼 사무소로 돌아가서 계약을 진행하겠습니다."

그렇게 나와 루나가 지낼 사랑의 보금자리가 결정되었다.

제 1 장

이사는 생각보다 고된 일이었다.

나는 유치원을 다니던 무렵 지금의 본가로 이사를 왔기에 이번이 인생에서 두 번째로 경험하는 이사였는데, 거의 하는 일이 없이 가재도구 같은 이삿짐처럼 옮겨지기만 했던 첫 번째와는 달리 직접 짐을 싸고 새집에서 개봉하는 작업은 물건이 그리 많지 않아도 힘들었다. 이사비용을 조금이라도 낮추려고 포장에서 개봉까지 업체 직원이 대신해 주는 플랜을 선택하지 않았던 걸 후회했다.

이사를 한 지 이틀이 지나 새 학기를 코앞에 둔 4월 모일에야, 나는 내가 싸 온 마지막 이삿짐 상자를 비울 수 있었다.

"다 했다……!"

"헐, 류토 굉장해!"

부엌의 빌트인 수납장을 정리 중이던 루나가 손을 멈추고 놀란 얼굴로 나를 바라보았다.

"벌써 다 끝났어?!"

"일단은. 지쳤어……."

부모님에게 '당장 필요한 것만 가지고 가라'는 말을 들은 덕에 짐은 상당히 적었지만, 그럼에도 상자가 열 개를 넘어가는 바람에 자신이 이렇게 많은 물건을 필요로 하며 생활하고 있었다는 걸 처음으로 깨달았다.

루나 쪽은 짐이 나보다 많았고, 수납 장소도 물건마다 꼼꼼하게 지정해 놓았는지 아직 상자가 다섯 개 정도 남아 있었다.

"도와줄게."

"고마워. 그런데 더 진행하기 힘들 것 같아. 넣을 공간이 없어서."

"그럼 내일 수납 용품을 사러 갈까? 마지막 휴일이니까. 침대도 사야 하고."

"그러게. 그럴까."

루나는 이사 때문에 알바 하는 곳에 사흘간 휴가를 냈다. 학교 쪽은 나와 마찬가지로 내일까지 봄방학이다.

집을 구경하면서 방문의 크기 등을 제대로 재 두지 않았던 탓에 이사를 오기 전에 가구를 사지 못했던 게 천추의 한이었다. 그때는 거기까지 생각이 미치지 못했다.

방을 정한 뒤에도 이삿짐센터를 알아보고 짐을 꾸리는 등 이래저래 할 일이 많았고, 대학은 방학 중이라도 그만큼 알바를 많이 잡아 둬서 한 달이 조금 넘는 시간이 순식간에 지나갔다.

"그럼 이만 잘까?"

"응, 그러자!"

한계에 달하면 바로 잠들 수 있도록 우리들은 저녁 식사 뒤에 샤워를 하고 잘 준비를 마친 뒤 작업을 하고 있었다.

"아~, 오늘 밤엔 어디서 자지? 옷은 이미 다 정리했는데."

"그러게……."

침대는커녕 침구류 하나조차 없어서 어제는 바닥에 놔둔 의류 더미 위에서 함께 잠을 청했지만, 오늘은 뜻밖에도 작업이 순조롭게 끝나서 그것들도 정리되고 말았다. 소파 정도는 먼저 사 두면 좋았을지도 모르겠다.

어쩔 수 없이 방구석에 가로누웠다. 베개 대신 쿠션은 있었지만, 딱딱한 마룻바닥의 감촉이 등에 배겼다.

"헐~ 진짜? 그 상태로 잘 거야? 나는 어떡하지."

반쯤 진심으로 난감해하며 서성이는 루나에게 나는 웃으며 말했다.

"……내 위에서 잘래?"

그러자 루나는 '엥~' 하고 웃더니 이쪽으로 다가왔다.

"그럼, 그래 버릴까?"

위를 보고 누운 내 몸에 루나가 장난스레 걸터앉았다. 고작 그것만으로도 아래에 힘이 들어가서 나는 당황했다.

"류토♡"

루나가 내 위에 몸을 포개더니 내 목에 팔을 두르고는 귓가에 속삭였다.

"……오늘은 할 수 있어?"

기대감과 흥분으로 가슴을 두근거리며 나는 작게 고개를 끄덕였다.

"응, 아까 찾았어."

간밤에는 개봉하지 못한 상자가 너무 많아서 피임 도구가 어디에 있는지 알 수 없었고, 피곤하기도 해서 어쩔 수 없이 하는 걸 단념했던 것이었다.

"류토오……♡"

루나의 뜨거운 숨결이 목덜미에 닿는다. 홍분에 전율이 이는 것을 느끼며, 나는 충동적으로 루나의 몸을 힘껏 끌어안았다.

◇

사랑을 나눈 뒤, 딱딱한 마룻바닥에서 루나에게 팔베개를 해 주었다.

거실은 아직 정리되지 않은 짐과 루나의 이삿짐 상자로 어수선해서, 우리들은 침실로 쓸 예정인 방에 누워 열린 문을 통해 그 광경을 보고 있었다.

"내일, 어디로 가구를 사러 갈까?"

내가 그렇게 묻자 루나가 내 쪽으로 고개를 돌렸다.

"아! 나, 이케아에 가 보고 싶어! 북유럽 가구들이 세련돼 보여서 동경했거든!"

"가 본 적 없어?"

"응. 그도 그럴 게, 마지막으로 이사한 게 초등학교 5학년 때였는걸? 직접 가구를 살 수 없잖아? 인터넷에서 본 화장대를 졸라서 사 달라고 한 게 다야."

그게 본가에 있던 화장대구나. 이 집에도 가져왔을 정도니 마음에 든 것이리라.

"류토는 가 본 적 있어?"

"응. 2학년 여름방학 때 세키야 씨랑…… 어라, 말하지 않았어?"

"응? 그랬던가? 만났다는 얘기는 들었지만……."

"앗!"

세키야 씨 하니 떠오른 기억에 저도 모르게 소리를 지르고 말았다.

"왜 그래?"

"……아니, 그러고 보니 연초에 세키야 씨한테 '봄방학에 얼굴을 볼 시간이 생기면 얘기해 달라'는 연락을 받았는데…… 이사 등으로 바빠서 잊고 있었어……."

봄방학은 이제 끝이다.

"잠깐만 미안, 세키야 씨한테 메시지를 보낼게."

생각이 나자 가만있을 수가 없어서 근처에 방치해 뒀던 스마트폰을 들어 사죄의 연락을 보냈다.

바로 읽음 표시가 뜨더니 답장이 왔다.

세키야 슈고

괜찮아, 결국 봄에는 돌아가지 않았으니까.
여름에 또 보자~

"……다행이다."

다행인가……?

"돌아오지 않았구나. 의학부는 그렇게 바쁜가? 힘들겠다~!"

옆에서도 화면이 보이도록 스마트폰을 기울였더니 루나가 혀를 내두르며 말했다.

"그러게……."

물론 공부하느라 바쁜 것도 있겠지만.

애초에 세키야 씨에게 본가는 돌아가고 싶은 곳이 아니라서, 친구를 만날 일이라도 없으면 굳이 돌아올 생각이 들지 않는 게 아닐까.

그래서 미리 내게 연락을 했던 걸지도 모르겠다.

"……."

여름방학에는 꼭 세키야 씨에게 연락하는 걸 잊지 말자고 다짐했다.

"……그래도 같이 간 게 세키야 씨라서 다행이야~!"

루나의 목소리에 나는 루나 쪽을 바라보았다. 팔베개를 하고 있어서 초점이 맞지 않을 만큼 얼굴이 가까웠다.

"어?"

"여자애랑 같이 이케아에 갔으면 싫었을 거야."

"갈 리가 없다는 걸 알고 있잖아?"

무심코 웃음이 나왔지만, 루나가 이런 사소한 일에도 질투를 느끼는 건 여전히 기쁘고 기분 좋은 일이라고 생각했다.

"그건 모를 일이지? 대학교의 동아리? 같은 데서 갈 수도 있고?"

"같이 가구를 보러 가다니, 그런 동아리가 어디 있어!"

"모를 일이지! 나한테는 미지의 세계니까."

루나는 살짝 토라진 기색으로 입술을 삐죽거렸다.

"그러니까 이렇게 매일 같은 장소에서 같은 시간을 공유할 수 있게 된 게…… 정말 기뻐."

루나가 내 옆구리에 고개를 파묻듯이 몸을 기대온다. 루나의 숨결에 옆구리가 달아오르는 게 간지러우면서도 행복했다.

"루나……."

내가 나보다 먼저 사회인이 되어 낯선 세계에서 활약하는 루나에게 열등감과 불안을 느꼈던 것처럼.

루나도 내가 자신이 모르는 세계에 소속돼 있다는 사실에 불안을 품고 있었다는 것을 알게 되자 가슴이 뜨거워졌다.

"……나도, 루나랑 같은 마음이야."

살며시 팔을 구부려 양팔로 루나의 얼굴을 감싸듯이 끌어안는다.

"류토……."

루나도 내 몸에 팔을 둘러 왔다.

"기뻐……. 외로웠던 시간도…… 내 안쪽도, 류토가 전부 채워 줘서……."

꼭 달라붙은 채 그렇게 말한 루나가 불쑥 몸을 떼더니 나를 올려다보았다.

"지금도 몸에 류토의 감촉이 남아 있어서, 멋대로 가슴이 두근거려♡"

루나가 수줍게 미소 지으며 민망함을 감추듯 다시 내게 매달렸다.

"아, 정말~."

나도 항복을 선언하며 루나를 꽉 끌어안았다.

"그런 말 하지 마. 또 하고 싶어지니까."

기쁘긴 하지만 또 아래로 피가 몰렸다. 젊다는 건 참 성가신 일이다.

"엥~ 괜찮은데♡ 할래?"

짓궂게 미소 짓는 루나가 귀여운 나머지 정말로 몇 번이라도 할 수 있을 것만 같아 곤란하다.

"내일 못 일어나서 이케아에 갈 수 없게 되면 어쩌려고?"

"그건 싫어! 이만 잘래!"

루나는 황급히 바로 눕더니 원래대로 내 팔에 머리를 벴다.

◇

자제한 덕에 다음날 우리들은 예정대로 쇼핑을 하러 나올 수 있었다.

"아~, 몸이 아파……."

1층 매장에서 작은 물건들을 보고 있을 때 루나가 말했다.

"어디가? 괜찮아?"

내가 묻자 루나는 조금 민망한 듯한 표정을 지었다.

"견갑골이랑 꼬리뼈 부근? ……바닥에 눌린 곳들이라 그런가 봐."

그 대답을 듣고 어젯밤 마룻바닥에서 있었던 일 때문이라는 걸 깨달았다.

"아, 미안……. 그럼, 내가 밑…… 으로 가는 게, 나았으려나……?"

부끄러움에 어물거리며 그렇게 말했다.

"아~, 그러게, 그럴지도."

루나는 작은 소리로 대답하더니 주위에 있는 사람들을 신경 쓰듯 눈을 힐끔거렸다.

우리들은 주방용품 매장에 있었고, 주변에는 도마 같은 조리도구부터 그릇과 커트러리까지 자질구레한 도구들이 진열된 선반이 늘어서 있었다. 봄방학 기간이라 그런지 사람이 많았다.

"……왠지, 이런 대화, 별로 해 보지 않아서 부끄럽네."

눈만 들어 나를 보며 미소 짓는 루나에게 나도 쑥스러움을 느끼며 '응…….' 하고 고개를 끄덕였다.

그러자 루나가 내 귀에 입을 대며 속삭였다.

"침대가 도착할 날이 기대된다♡"

"……."

아마도 부끄러움에 얼굴이 빨개지지 않았을까.

방금 2층 침구 매장에서 사고 싶은 침대를 이미 점찍어 뒀다.

"아, 이거 귀여워~!"

루나가 손에 든 것은 머그 컵이었다. 입이 닿는 부분에 세로로 자잘하게 골이 패어 있는 어두운 핑크색 컵이었다.

"채도 낮은 핑크색 귀여워♡ 이걸로 사야겠다!"

그러고 보니…….

루나의 언니인 키티 씨가 사는 집에는 쌍으로 된 머그 컵이 잔뜩 놓여 있었지. 뻔하지만 동거하고 있다는 느낌이 들어서 부럽다고 생각했던 게 떠오른다.

그런 생각을 하고 있는데, 루나가 같은 머그 컵을 하나 더 손에 들더니 나를 보며 미소를 지었다.

"하나 더 살까? 언니네처럼."

생각이 일치한 게 기뻐서, 저도 모르게 웃었다.

"나도 방금 같은 생각을 하고 있었어."

"정말? 그럼 사 버려야지~♡"

루나가 두 번째 머그 컵도 카트에 넣었다.

"이제 뭘 더 사지? 밥공기는 필요하겠지! 그리고 접시도……."

루나가 안쪽 식기 코너로 나아간다. 큼지막한 카트를 밀며 나도 그 뒤를 따라갔다.

"이거랑 이거랑……! 어떡하지! 전부 같은 걸로 두 개씩 사고 싶어져~!"

매장 안의 물건을 다 털 기세로 루나가 식기를 연달아 카트에 넣기 시작했다.

"사 두면 다 쓸데가 있겠지?"

"엇, 그래도 다양한 종류의 그릇을 하나씩 사 두는 게 담을 요리에 따라 구분해 쓸 수 있어서 편하지 않을까?"

"그런가?"

"물기나 있거나 두께가 두꺼운 요리는 오목한 그릇에, 그렇지 않은 요리는 평평한 그릇에 담는다든가."

"음~? 그럼 다양한 종류의 그릇을 일단 두 개씩 사 둘까?"

"그러면 돈이 너무 들지 않을까? 살 물건이 식기만 있는 것도 아니잖아."

"뭐, 그렇긴 하지만……."

그래도 필요한 건 사야겠지만, 이라는 생각을 하고 있는데, 루나가 상품에서 눈을 돌려 나를 보더니 살짝 긴장한 얼굴로 '그러고 보니 말인데'라며 운을 뗐다.

"기본적으로 돈은 반반씩 낸다고 생각하면 되겠지?"

"어? 응……."

가슴을 두근거리며 고개를 끄덕이자 루나가 안도한 듯이 미소를 지었다.

"다행이다! 살았어~!"

"엥?"

그건 오히려 내가 해야 하는 말이라고 생각하는데 루나가 눈만 들어 나를 보며 난처하게 웃었다.

"내가 사회인 경력이 있어서 여유가 있을 거라고 생각할 수도 있겠지만…… 알바로 전환하고 나서는 학비도 내야 해서 저축해 둔 돈이 쑥쑥 줄고 있거든. 실은 이미 계좌에 돈도 별로 없어……."

그 말을 듣고 나는 오히려 미안해졌다.

"아냐, 루나가 더 많이 내게 할 생각은 전혀 없었으니까 괜찮아."

사실은 내가 더 많이 내서 남자로서 듬직한 모습을 보여 주고 싶지만, 그게 불가능하다는 게 분할 따름이었다.

"……그래? 그럼 다행이고…… 미안."

루나는 살짝 쓴웃음을 지으며 다시금 사과했다.

"……왠지 하기 어색하지, 이런 얘기는."

"그래도 같이 살려면 현실적인 얘기를 나누는 것도 중요하니까."

"으~, 그래도 나는 좀 불편해. 돈 관리 같은 것도 류토한테 맡기고 싶어."

"그래도 되겠어? 루나의 돈을 다 써 버릴지도 모르는데?"

장난스레 말하자, 루나는 당황한 얼굴로 나에게 매달렸다.

"헉~ 안 돼! 내 말은 저축 같은 걸 대신 해 달라는 뜻이었어!"

"잠깐만, 식기 매장에서 난동을 부리는 건 그만둬!"

"그치만 류토가~!"

"농담으로 한 소리니까!"

루나의 양어깨를 꽉 껴안아 제지하자 간밤에 나눴던 맨살의 온기가 떠올라 가슴이 두근거렸다.

전에는 한 적이 없었던 대화.

전에 없이 가까운 거리.

앞으로도 이런 식으로 함께 살아갈 거라는 생각에, 새삼스레 가슴이 뜨거워졌다.

◇

대량의 쇼핑을 마치고 날이 어두워질 때쯤 집으로 돌아오자 급 피로가 밀려왔다.

구매한 더블베드는 당연히 택배로 부쳤지만, 매트는 카 셰어링으로 캡오버를 빌려 싣고 왔다. 익숙하지 않은 차로 익숙하지 않은 길을 카 내비게이션이 이르는 대로 달려왔으니, 그 때문에 피곤해지기도 했을 것이다.

그래도 이걸로 일단 매트 위에서 잠을 잘 수 있게 됐다.

"후훗."

자기 전 부엌에서 사 온 물건들을 정리 중이던 루나가 혼자 웃었다.

"정말로, 언니네 집 같아."

루나가 열어 둔 찬장을 거실에서 보자 쌍으로 된 머그 컵과 식기들이 어쩐지 조금 낯간지럽게 진열돼 있었다.

키티 씨와 라이온 씨가 동거하는 집의 광경이 자신들이 새로 살게 된 집에서 재현되고 있다고 생각하자 마음이 간지러웠다.

"아, 언니 하니까 생각났어!"

그때 루나가 소리를 질렀다.

"이것 봐~! 아까 류토가 목욕 중일 때 도착한 거야!"

루나는 그렇게 말하며 자신의 스마트폰을 손에 쥐고는 거실에 서서 양치질 중이던 내 쪽으로 다가왔다.

"웨딩 포토래! 완전 잘 나오지 않았어?"

루나가 보여 준 화면에는 루나의 언니와 라이온 씨의 모습이 찍혀 있었다.

두 사람은 웨딩드레스와 턱시도로 몸을 감싼 채 손을 잡고서 서로를 마주 보고 있었다. 루나의 언니가 입은 드레스의 긴 옷자락이 땅위에 펼쳐져 있는 것이, 매우 그럴싸해 보였다.

“잘 찍혔네. 결혼식을 올린 거야?”

그렇다면 루나가 초대되지 않은 건 이상하다고 생각하면서도 물어보자, 루나가 고개를 가로저었다.

“아니. 이 사진을 찍고 나서 친구들 열 명 정도를 불러 모아서 라이 씨 외삼촌네 가게에서 중화요리를 먹었대. 그걸로 끝. 여흥으로 그때 라이 씨가 언니한테 만들어 준 곡을 친구들 앞에서 노래했는데, 엄청 반응이 뜨거웠다고 했어.”

라이온 씨에 대한 루나의 호칭이 어느새 ‘하나다 씨’에서 ‘라이 씨’로 바뀌었다. 분명 가족으로 인정하고 마음을 허락했기 때문이리라.

“외삼촌이 ‘이미 아들 부부가 된 거나 마찬가지’라면서 언니 일행한테 공짜로 음식을 대접해 주고 축의금을 준 친구도 있어서 흑자가 됐다고 말했어. 언니랑 라이 씨는 돈이 없어서 결혼반지를 스리 코인즈*에서 샀을 정도니까 그나마 다행이지.”

“이 웨딩 포토? 만으로도 제법 돈이 들었을 것 같은데.”

“그게, 언니가 전문학교에 다니던 때 알게 된 친구가 카메라맨이거든. 축의금 대신이라며 무료로 찍어 줬대.”

* 다이소와 유사한 저가형 생활용품, 잡화 판매점.

"헐, 그렇구나?"

"웨딩드레스랑 턱시도는 쉬인에서 초특가로 사고 헤어랑 메이크업은 언니가 직접 할 수 있으니까, 카메라멘 친구한테 답례로 런치를 대접하고도 총 금액이 3만 엔을 넘지 않았대!"

"흐음…… 굉장하네."

그렇게 생각하면 세상에 널리 퍼져 있는 '돈이 없어서 결혼을 못한다' 같은 말은 딱히 진리라고 할 수 없을지도 모르겠다.

머리를 짜내고 고생을 하면서도 같이 살아가고 싶다는 생각을 할 수 있는 사람을 만난 루나의 언니와 라이온 씨는, 돈이 없어도 행복한 부부일 테니까.

"이것도 두 사람의 인복이네."

"그러게 말이야~! 보통은 없잖아, 카메라맨 친구도, 동네에서 중국집을 운영하는 외삼촌도!"

그런 얘기를 하는 사이 입 안이 거품으로 가득해지기 시작해서, 세면대로 가 입을 헹궜다.

돌아오자 루나는 아직도 언니의 웨딩 포토가 띄워진 화면을 보고 있었다.

"언니, 엄청 행복해 보여. 부럽다……."

눈을 가늘게 뜬 채 화면을 바라보며 루나가 중얼거렸다.

"이제, 여기에 찍혀 있는 사람은 '하나다 키티'인 거구나……."

루나는 감개무량한 기색으로 말하더니 불현듯 나를 보았다.

"그런데 이 하나다* 키티**라는 이름, 엄청 반짝반짝***거리지 않아? 반짝반짝을 넘어서 번쩍번쩍거리지 않아?"

"시라카와**** 키티도 만만치 않았어."

"확실히~! 계속 쓰다 보니 마비돼서 인식을 못 했어!"

루나가 웃더니 불현듯 먼 곳을 바라보았다.

"……뭐랄까, 부부 별성? 같은 걸로 말들이 많지만, 역시 나는 좋아하는 사람의 성을 따르는 걸 동경하게 돼……."

"……그럼, 루나는 본인이 성을 바꾸는 쪽이야?"

"응!"

루나가 천진난만하게 웃으며 고개를 끄덕였다.

"그렇구나. ……고마워, 루나."

기쁨과 멋쩍음에 얼굴이 멋대로 미소를 짓고 만다.

자신의 성을 바꾸고 싶다고 적극적으로 희망하지는 않았지만, 선택적 부부 별성이 논의되고 있는 요즘 같은 시점에 루나의 의향을 확인하게 돼서 마음이 편해졌다.

"내가 '시라카와 류토'가 되는 것도, 멋질 것 같아서 괜찮겠다고 순간 생각했어."

"왠지 장기를 잘 둘 것 같아!"

"시라카와 8단, 뭐 그런 느낌?"

---

* 꽃밭이라는 뜻.
** 한자로는 綺麗라고 쓰고 아름답다는 뜻.
*** 일본에서는 한자에 영어식 발음을 붙이는 특이한 작명을 두고 키라키라 네임(반짝이 이름)이라고 말한다.
**** 하얀 강이라는 뜻.

"맞아, 그거~!"

우뇌만 사용하는 것 같은 루나의 즉흥적인 발언에도 그럭저럭 반응할 수 있게 됐다.

"카시마 루나…… 라아."

루나가 뺨을 붉히며 불쑥 중얼거리나 싶더니, 이내 고개를 들어 나를 보았다.

"엇 잠깐만, 나 제대로 적을 수 있으려나? 서류라든가, 병원 같은 데서도 적을 일이 생기겠지?"

"그야 적을 수 있겠지, 당연히."

웃으며 태클을 걸었다. 내 이름에서 '류(龍)'를 제외한 한자는 초등학교 저학년 때부터 적을 수 있었던 걸로 기억한다.

하지만 루나는 초조한 기색으로 주위를 두리번거렸다.

"어라? 필기구는 아직 상자 안에 있나~?"

"아, 내 거라면 있어."

거실 구석에 놔둔 내 책상에서 샤프펜슬을 가져와 루나에게 건넨다.

"자."

"고마워!"

루나가 그렇게 말하고는 나를 바라보더니 '후훗' 하며 웃었다.

"……우리가 처음 만났을 때 같네."

수줍어하는 얼굴로 그렇게 말한다.

"……그, 그러게."

그 순간의 기억을 떠올리자, 눈앞의 루나가 순간 '시라카와'로 돌아간 것만 같은 기분이 들어서 횡설수설하고 말았다.

16살의 카시마 류토. 너, 5년 뒤에 시라카와랑 동거하고 있다.

당시의 내가 들었다면 거품을 물고 기절해 버렸을 얘기를 젊은 날의 자신에게 조심스레 털어놓는다.

"앗, 그런데 적을 종이도 없어!"

샤프를 쥔 루나가 다시 두리번거리며 소리를 높였다.

"아~ 됐어, 그냥 이 상자에 적어 버릴래!"

그렇게 말하며 방구석에 쌓여 있는 자신의 이삿짐 상자로 다가가더니 가장 위에 놓인 상자 윗면에 적었다. 마침 은행의 문서 작성대와 비슷한 높이라 글씨를 쓰기 쉬워 보였다.

"다 썼다♡"

루나가 만족스러운 듯이 고개를 들어 나를 보았다.

"다행이야, 쓸 수 있어서~! 왠지 기뻐~! 이것 봐♡"

루나의 말에 옆으로 다가가 골판지로 된 상자의 윗면을 본다.

박스 테이프가 붙어 있지 않은 곳에 루나 특유의 동글동글한 글씨체로 그 글자가 적혀 있었다.

"상자에 샤프로 쓰려니 힘들어! 한 군데가 샤프심에 찢어져 버렸어."

아하하 소리 내 웃으며 말하면서도 루나는 만족스레 그 글자를 바라보고 있었다.

나도 낯설게 보이는 그 이름에, 가까울지도 모를 미래의 루나를 상상하며 가슴이 뜨거워졌다.

"이거, 잘라내서 보관해 둘까?"

농담 반 진담 반으로 웃는 루나에게 나는 '뭐?' 하고 당황해 소리를 질렀다.

"그럴 필요까지는 없지 않아?"

"엥~! 어째서~?!"

"……그야, 앞으로도 계속…… 아마 다 세지도 못할 만큼 많이 그 이름을 적게 될 테니까."

내 대답에 불만스러운 듯했던 루나의 표정이 달라졌다.

"류토……."

루나가 뺨을 붉히며 중얼거렸다.

"……하긴. 그렇겠네."

그러더니 재차 상자로 시선을 떨구며 재밌다는 듯이 웃었다.

"그런데 이 상자, 버릴 때 좀 민망하겠다! 엄청 이름이 적혀 있잖아! 심지어 아직 가상의 이름이!"

그럼, 아예 본명으로 만들어 버릴래? 라고.

인기남이었다면 선뜻 그렇게 말할 수 있었겠지만.

해외에서 취직할 가능성을 밝히지 않은 것도 마음에 걸렸고, 지금은 때가 아니라는 생각이 들었다.

5월이 되면 교직 과정 이수 때문에 교육실습을 가게 되어 있으니, 어쩌면 거기서 역시 선생님이 되고 싶다는 생각이 들지도 모른다.

아직 확정되지 않은 미래로 루나를 당혹스럽게 할 수는 없었다.

"……류토?"

그때 루나가 말을 걸어 와서 정신을 차렸다.

"왜 그래?"

"그게…… 조금 진로에 대해 고민 중이었어."

"앗, 하긴. 잘될지 걱정이 많겠다."

루나가 바로 염려하는 표정을 지었다.

"지금 다니는 출판사는 힘들 것 같아? 나처럼 알바생에서 정직원이 될 수는 없어?"

"으음…… 아무래도 그렇지. 큰 회사라서 인사 직원이랑은 별로 접점이 없는데 입사 희망자는 많으니까."

후지나미 씨도 말했듯이 알바를 하고 있다고 해서 취직에 유리한 건 아닌 듯한 분위기다.

"그렇구나아. 마리아도 그런 얘기를 했었지……."

복잡한 얼굴로 입을 다문 루나는 이내 밝은 표정을 짓더니 다시 내게 말했다.

"그래도 괜찮아! 여차하면 내가 어린이집 선생님이 돼서 류토를 먹여 살릴 테니까!"

"루나……."

사랑스러움이 북받쳐서, 저도 모르게 루나의 몸을 끌어안았다.

그러자 막 목욕을 마치고 나와 좋은 향기가 나는 루나의 목덜미며, 보드라운 촉감의 실내복으로 감싸인 루나의 탄탄한 피부가 느껴져 바로 몸속에서 불길이 일었다.

"……침실로 갈까?"

품 안의 루나가 우물거리는 목소리로 말했다.

"그럴까."

우리들은 손을 잡고 침실로 이동했다. 그곳에는 침대에 까는 두꺼운 매트만이 놓여 있었다.

"오늘은 이게 있으니까 몸이 안 아프겠지~?"

먼저 매트 위에 앉으며 루나가 웃었다.

"얼른 침대도 왔으면 좋겠다."

"사흘 뒤에 도착한다니까 조금만 더 참으면 돼."

"그러게~!"

그렇게 함께 웃은 뒤, 나는 매트 위에 무릎을 세우고 갓 씻은 머리카락의 향기가 나는 루나의 목덜미에 얼굴을 묻었다.

◇

"류토, 요즘은 적극적으로 나오네."

오늘의 두 번째 샤워를 마치고 둘이서 매트에 누웠을 때 루나가 그렇게 말했다.

루나는 내 왼팔에 머리를 얹고 내 쪽으로 몸을 기대고 있었다.

"그……, 그런가? 싫어?"

당황해서 묻자 루나는 '아니이' 하고 고개를 젓더니 코앞에서 눈을 치켜떠 나를 보았다.

"……그래서, 두근거려♡"

그 말에 한껏 동요해 가슴을 펄떡이는 내게 루나가 헤실거리며 미소를 지었다.

"꼭 붙어 있고 싶은 게 나뿐만이 아니라는 걸 알게 돼서 마음이 놓여."

그렇게 말하며 이제는 조금 눈에 익기 시작한 맨얼굴을 내 옆구리에 대고 비비듯이 문질렀다.

"루나……."

너무 응석을 부리면 또 하고 싶어질 것 같아 난처해하고 있는데.

루나가 잠이 든 듯 완만한 숨소리를 내기 시작했다.

"……."

기쁜 듯하면서도 조금은 아쉽지만 그럼에도 마음이 충만해지는 듯한, 기이하리만큼 온화한 기분이 몰려온다.

"……으쌰."

왼팔이 최대한 움직이지 않도록 몸을 움직여 매트와 함께 산 이불을 조심스레 루나의 가슴까지 끌어올렸다.

그때, 루나의 얼굴 근처에 놓여 있던 스마트폰 화면이 깜빡이는 것이 눈에 들어왔다.

니콜 루나, 지금 전화 가능해?

그런 메시지 팝업이 표시돼 있었다.

"……."

자세를 원래대로 되돌린 뒤, 잠시 루나를 깨울까 고민했다. 루나는 야마나에게서 연락이 오지 않는 걸 걱정하고 있었으니까.

"으음……."

하지만 품 안에서 고른 숨소리를 내며 자고 있는 그녀를 보자, 그 잠을 방해하고 싶지 않다는 생각이 들었다.

우리들 두 사람이 겨우 손에 넣은 이 행복한 시간을 지금은 누구에게도 방해받고 싶지 않다.

야마나라면 틀림없이 이해해 줄 것이다.

그렇게 생각하며 표시를 눈치 채지 못한 척 나도 잠을 자기로 했다.

"응……."

루나가 다시 잠꼬대 미만의 요염한 신음을 흘린다.

건드리고 싶은 마음과 평안한 잠을 지켜 주고 싶은 마음. 그 사이에서 고민하며 나는 그녀의 뺨에 걸린 머리카락 한 올을 살며시 귀 쪽으로 넘겼다. 그리고는 머리 전체를 조심스레 어루만졌다.

"……."

몸을 겹치기 전, 루나는 '남자가 한 번 안은 여자를 아무렇게나 대하는 문제'에 대해 걱정하고 있었다.

나는 루나를 그렇게 대하지 않을 자신이 있었지만, 솔직히 말하자면 아주 조금 불안하긴 했다.

맺어진 순간 내 의사와는 상관없이 남성 호르몬적인 뭔가로 몸과 마음이 멋대로 그렇게 돼 버릴 가능성도 제로는 아니었기 때문이다.

하지만 그런 걱정은 기우였다.

나는 남자이므로 수컷으로서의 본능으로만 말하자면, 까놓고 말해서 '이만하면 안을 수 있겠다'는 생각이 드는 여자는 세상에 얼마든지 넘쳐난다.

하지만 그중에서 기꺼이 나에게 '안기고 싶어 할' 여자가 거의 제로라는 건 알고 있고, 이런 생각을 하고 있다는 게 알려지면 혐오를 받을 게 뻔했기에, 계속 스스로의 욕망을 숨기며 살아왔다.

루나에게도 그랬다.

안간힘을 다해 성적인 욕망을 드러내지 않으려 애쓰고, 언젠가 루나가 하고 싶어지는 때가 오기를 기다리자고 생각했다. 지금 돌이켜보면 그 때문에 나와 루나 사이에는 모종의 심적인 거리가 있었던 것 같다.

하지만 그 거리가 이제는 0이 됐다.

루나가 나를 받아줬기 때문이다. 지금의 나는 그간 타인에게 보여 준 적 없던 스스로의 욕망을 루나 앞에서만은 드러낼 수 있다.

나라는 존재를 오롯이 받아들여 준, 이 세상에 유일한 한 여성.

이 사람을 지키기 위해서라면 어떤 일이든 하고 싶다.

이전보다 더 루나가 사랑스럽다.

이 감정은 그 이브 날부터 쭉 계속되고 있다.

같은 날 밤에 야마나와 맺어진 닛시도 분명 나와 같을 거라고 생각했는데.

이런 생각을 하게 되는 건 아까 야마나에게 온 메시지를 봐 버렸기 때문이이라.

그때였다.

이번에는 시야 끄트머리에 있던 내 스마트폰 화면이 밝아졌다.

오른손으로 폰을 들어 확인하자 잠금 상태인 화면에 '유스케'라는 표시가 떠 있었다.

잠금을 풀자 닛시를 포함해 셋이 참여 중인 단체 채팅방에 연락이 와 있었다.

유스케: 요새는 먹어도 먹어도 허기가 져.
육체노동은 진짜 얕볼 게 아냐.
닛시 네가 알바 하는 곳에서
몰래 왕특대로 내 줄 순 없어?

니시나렌: 우리 매장은 반제품으로 나온 걸 조리해서 제공하는
시스템이라 그런 건 아예 불가능한 메뉴가 많아.
파스타라면 어떻게 가능할지도.

유스케: 그럼 파스타로!

니시나렌: 헐, 진짜로 오려고?

유스케: 당연히 진짜지.
지금 당장이라도 가고 싶거든.

실시간으로 대화가 휙휙 지나간다.

읽기만 하고 가만히 있는 것도 이상했기에, 나도 이쯤에서 대화에 참여했다.

류토: 잇치가 가는 거면 나도 같이 가도 돼?

니시나 렌: 좋지.

유스케: 캇시도 불법 왕특대?

류토: 나는 합법으로 충분해!

니시나 렌: 그럼 내 근무 시간을 가르쳐 줄 테니까,
둘이서 날짜를 정해.

그렇게 잇치와 갈 날을 정하며 그날의 대화를 마무리했다.

◇

닛시가 알바 하는 곳은 이탈리안 패밀리 레스토랑이다. 닛시가 다니는 세이메이 대학 캠퍼스 근처, 젊은이들이 많아 북적거리는 분위기의 번화가에 있다. 변호사가 되는 것이 꿈인 닛시는 취업 준비를 하는 대신 로스쿨 입학시험에 대비해 학원을 다니며 이곳의 알바를 계속하고 있다고 했다.

약속 시간에 맞춰 지하에 위치한 가게 안으로 들어가자, 먼저 와서 자리로 안내받아 앉아 있던 잇치가 내 모습을 보며 손을 들었다.

마침 저녁 시간이라 가게 안은 단체 손님들로 바글거렸다. 조금만 더 있으면 만석이 될 것 같은 혼잡도였다.

"여~, 캇시."

소파 테이블석, 맞은편에 앉은 나에게 인사한 잇치는 피곤에 전 얼굴을 하고 있었다.

"……타니키타는 요즘 어때?"

주문은 마친 뒤 잇치에게 물었다.

오늘 만나기로 한 건 닛시와 야마나의 상황이 걱정돼서라는 이유가 컸지만, 늘 격동적인 잇치 부부의 현 상태도 마음에 걸렸다.

"입덧은 완전히 가라앉았고 컨디션은 그럭저럭이야. 그런데 3주가 지나고 나니 갑자기 '무서우니까 역시 무통으로 하고 싶다'는 말을 꺼내서 말이야, 근처 병원 중에 무통 분만을 하는 곳을 알아봤더니 출산 비용이 거의 배로 뛰더라고. 무리야, 이렇게 일하는데도 돈은 전혀 모일 생각을 안 하니까 말이지."

"그래서 어떻게 됐어?"

내가 묻자 잇치는 여전히 초췌한 얼굴로 말을 이었다.

"아카리가 장모님한테 쓴소리를 듣고는 포기했어. '나도 아픈 걸 참으면서 둘이나 낳았고, 돈도 없는데 떼쓰지 말라'고 하셨지. 나는 얘기해 봤자 설득력이 없으니까 덕분에 살았어. 잠깐이지만 사금융 대출 방법까지 알아봤다니까."

"그, 그랬구나……."

잇치에게 듣는 얘기는 여전히 무시무시했다. 어른의 현실이라고 해야 할까, 드라마 속 대사처럼 느껴진다.

"캇시 너는?"

"응, 그게 실은…… 루나랑 동거를 시작했어."

민망함에 머뭇거리며 말하자 잇치는 '아~!' 하고 외마디 비명을 지르더니 눈을 크게 떴다.

"그러고 보니 아카리한테 들었어! 일하느라 녹초가 돼서 돌아왔을 때 루나한테 들었다면서 따발총처럼 얘기하더라고. 경황이 없어서 별로 귀를 기울이진 않았지만. 어디서? 언제부터?"

"K시에서…… 4월 초부터."

"그렇구나. 동거는 어때? 힘들지?"

잇치가 갑자기 안쓰러워하는 시선을 보내서 나는 당황했다.

"어? 아니, 현재까지는 즐겁게 지내고 있어."

"처음엔 다 그래. 여자는 점점 본성을 드러내기 시작하니까 무서운 거야. 정신이 들면 발닦개 노릇을 하고 있으니까, 그렇게 되지 않도록 힘내라고."

"뭐?! 아…… 아하하. 힘낼게."

깊이 파고들면 안 될 것 같은 기분이 들어 나는 웃으며 얼버무렸다.

"임신하면 진짜로 들들 볶인다고. 각오해. 허리가 아프다면서 하룻밤 내내 마사지를 시키고는 '틀렸어, 거기가 아냐!'라느니 '자지 마! 내가 누구 애를 가진 덕분에 이런 몸이 된 줄 알아!'라면서 매도를 한다니까."

"아하하……."

루나는 아마도 그렇게 되지 않을 거라고 생각해…… 라는 대답은 마음속으로만 했다.

그때였다.

요리를 가져온 직원이 우리들의 테이블 앞에 멈춰 섰다.

"오래 기다리셨습니다, 치킨 소테와 라이스, 토마토와 베이컨 스파게티입니다."

나는 치킨&라이스에, 잇치는 스파게티에 각각 살짝 손을 들었다.

루나와 식사를 할 때는 요리를 조금씩 나눠 먹는 걸 전제로 샐러드도 시켰지만, 오늘은 각자 자신이 먹고 싶은 것만 시킨 사나이의 주문이다.

나는 눈앞에 놓인 철판 위의 치킨에 속으로 입맛을 다셨다.

"어라?"

잇치 앞에 그릇을 내려놓은 젊은 여직원이 그렇게 말하며 고개를 갸웃거렸다.

"이 스파게티, 양이 조금 심하게 많은 것 같죠? 다시 만들어 드릴까요?"

"어, 아뇨……."

잇치가 당황하는데, 직원이 만면에 미소를 지으며 우리들에게 윙크했다.

"사실은 니시나 선배한테 다 들었어요!"

가슴팍의 명찰에는 '아사코'라고 적혀 있다. 단발머리에 눈이 크고 체구가 작은 스무 살 정도로 보이는 여자애다.

"알바생인 아사코 와카나입니다. 선배한테 늘 신세를 지고 있어요!"

"엇……."

"아, 예……."

나와 잇치는 바로 대응에 쩔쩔매며 아싸인 티를 냈다.

"니시나 선배의 고등학교 동창이시죠? 고등학교 때 선배는 어떤 느낌이었나요?"

그 질문에 나와 잇치는 얼굴을 마주 보았다.

"어땠냐니……."

"지금과 다르지 않다고 할까……."

패션은 좀 더 촌스러웠지만 정말로 그게 다였다. 닛시는 예전 모습에서 달라진 게 없었다. 아마 나와 잇치도 그럴 거라 생각하지만.

우리들의 맥없는 대꾸에도 아사코 씨는 '오오오!'라는 전력을 다한 리액션으로 화답해 주었다. 활기 넘치고 밝은 여자애다.

"니시나 선배는 늘 묵묵히 담담하게 일을 하고 있어서 완전 멋있어요! 저녁 시간대 주방업무를 혼자서 다 소화하는 대학생 알바는 우리 가게에서는 선배뿐이에요. 일을 효율적으로 처리하는 능력이 신급이라고 할까, 정말 똑똑하다니까요. 나중엔 변호사가 될 거라던데 완전 대단하지 않아요?!"

"……그러게요."

잇치가 아무 말도 하지 않아서 내가 간신히 대꾸했다.

그때 가게 안 어딘가에서 '딩동' 하고 직원을 호출하는 벨 소리가 났고, 아사코 씨는 '그럼 편하게 드세요!'라는 말을 남기고는 떠나갔다.

"……아까 그 알바생, 성이 특이했지."

특대 스파게티를 70퍼센트 정도 먹어 치운 잇치가 불현듯 포크를 멈추며 말했다.

"그러게. 순간 이름인 줄 알았어."

"그 애, 닛시를 좋아하는 걸까?"

"……그럴지도 모르지."

나도 살짝 했던 생각을 대신 입 밖으로 꺼내 줘서 속이 시원했다. 둔한 편인 잇치도 알아차릴 만큼 그녀의 태도가 노골적이었다는 뜻이다.

"닛시, 여친이 있다고 말해 버렸으려나? 말하지 않았으면 어떻게 해 볼 수 있을 텐데."

"닛시는 그런 쓰레기 같은 짓은 하지 않을 거라고 생각해."

"아깝네~. 제법 귀여우니까 킵해 둬도 괜찮을 텐데."

잇치는 그렇게 말하며 다시 맹렬하게 스파게티를 먹기 시작했다.

잇치도 아마 실제로 그런 짓은 못할 거라고 생각하지만, 동정일 때부터 그런 무책임한 발언을 일삼았던 게 잇치다.

곧 있으면 아버지가 될 텐데도 역시 사람은 변하지 않는구나 싶은 것이, 어째 인생의 진리를 깨우친 듯한 기분이 들었다.

"그럼 난 내일도 아침 일찍 일이 있으니까 이만 가 볼게. 캇시 너는 닛시를 보고 갈 거야?"

"응, 그럴 생각이야."

"그렇구나. 그럼 안녕. 닛시한테 안부 전해 줘."

식사를 마친 잇치는 언제나처럼 자신이 시킨 몫의 금액을 테이블 위에 올려두고는 돌아갔다.

나는 닛시의 근무 시간이 끝나는 밤 10시까지 드링크 바의 음료수를 리필하며 스마트폰으로 만화를 읽으면서 시간을 죽였다.

문을 닫을 시간이 되었기에 가게 밖으로 나와 길 위에서 기다리고 있자 얼마 안 있어 닛시가 나왔다.

"알바 하느라 고생했어."

"오~, 일부러 와 줘서 고마워."

"한 번 와 보고 싶었으니까, 잘됐어."

생각해 보면 계속 간다고 말했으면서도 닛시가 알바 하는 곳에 와 본 건 처음이다.

"주방이라 누가 와도 얼굴을 보기 힘들지만 말이지."

"그래도 우리가 먹은 요리들은 닛시가 만들었잖아?"

"그걸 만들었다고 해야 하나 싶지만, 뭐. 홀을 담당하는 애한테 사진을 보여 주면서 '이 녀석들이 오면 테이블 번호를 가르쳐 달라'고 말해 뒀어. 파스타 엄청 많이 담겨 있었지?"

"응, 엄청 많이 담겨 있더라. 그런데 우리들의 사진이라니? 우리가 사진을 찍은 적이 있었던가?"

“졸업식 날 즉흥적으로 찍었던 거 있잖아.”

“아, 그런 예전 사진.”

역으로 가는 길을 걸으며 우리들은 대화를 나눴다.

닛시의 얘기를 복기하다 나는 ‘앗’ 하고 깨달았다.

“홀을 담당하는 애라면…… 설마 아사코 씨?”

“맞아.”

“역시 그랬구나.”

특이한 성이라 기억하고 있었기에 다행이라고 생각했다.

“아사코가 뭐라고 말했어?”

“‘니시나 선배의 고등학교 동창이시죠.’라고.”

내가 말하자 닛시는 ‘아아’ 하고 대꾸하며 웃었다.

“그 녀석 말이 많지? 완전 인싸라니까. 내가 무시해도 학교에서 있었던 일 같은 걸 계속 혼자서 재잘거리고 있어.”

“대학생이야?”

“전문대 1학년. 고3 때 들어와서, 일도 잘 못하면서 돈이 없다고 근무 시간을 마구 늘리고 있어.”

“우리한테 닛시 네 칭찬을 엄청 하던데.”

내가 그렇게 말하자 닛시는 겸연쩍은 기색을 감추듯 후후 하고 코로 웃었다.

“그렇게 하라고 용돈을 쥐여 줬으니까.”

거짓인지 진담인지 순간 구분이 안 가는, 늘 겪던 닛시의 조크다. 아마도 용돈은 쥐여 주지 않았을 것이다.

"……닛시한테 여자 친구가 있다는 건 알고 있어?"

내가 질문하자 닛시는 잠시 내게로 강렬한 시선을 보냈다.

"알고 있어. '여친분이 부러워요!'라면서 그냥 좋게 말해 주던데."

분명 아사코 씨에게는 그냥 해 본 소리가 아닐 것이었다.

그렇게 좋아하는 티를 내는데 알아차리지 못하는 게 이상하지만, 닛시에게는 다소 자학적이고 부정적인 면이 있으니 어쩌면 정말로 그냥 해 본 소리라고 생각하고 있을지도 모른다.

아니면 야마나와 있었던 일 때문에 그걸 알아차릴 여유가 없거나…….

"……야마나랑은 요즘 어때?"

이브 때 일이 신경이 쓰였지만, 그때 전화로 '잊어 달라'는 말을 들은 터라 다시 거론하는 건 마음에 걸렸다.

"……음……."

닛시는 말을 흐렸다.

"그럭저럭, 이려나."

"……그렇구나."

잘되고 있는 건 아닌 듯하다는 느낌이 들었다.

"그러고 보니 캇시 너는 동거를 시작했다며? 어때?"

"아아, 응."

잇치가 타니키타에게 들었던 것처럼 닛시도 야마나에게 들었을 테니, 그 정도로 심하게 관계가 악화되지는 않은 것 같아 그 점에는 안도했다.

"루나랑은 오래 사귀었지만 같이 살아 보니까 새로운 일면을 발견할 때도 있어서 하루하루가 신선해."

"그렇구나."

살짝 미소를 지으며 나를 본 닛시가 문득 심각한 표정을 짓더니 정면을 바라보았다.

"……캇시 너는."

그 상태 그대로 닛시는 말했다.

"시라카와한테 전 남자 친구 얘기, 물어보곤 해?"

"어?"

나는 순간 고민했지만 바로 고개를 가로저었다.

"아니, 안 해. ……가능하다면 별로 듣고 싶지도 않고."

쓴웃음을 지으며 말하자 닛시는 잠시 내 쪽을 보더니 '그렇구나.'라고 대답했다.

"……그래도 신경이 쓰이지 않아?"

그 물음에 나는 고민했다.

"……신경이 쓰였던 시기도 있었지만."

고등학교 때 느꼈던 감정을 떠올리자 그리움이 밀려들었다.

"루나에게 역대 최고의 남자 친구는…… 나라고 생각하니까…… 자연스럽게 덜 신경이 쓰이게 된 것 같아."

"……흐응."

닛시는 자신의 발밑에 시선을 둔 채로 걸으며 그렇게 말했다.

"……나도 언젠가는 그렇게 생각할 수 있을 날이 오려나?"

"……."

뭐라고 답해야 할지 알 수 없어 침묵하자, 닛시는 더욱 고개를 숙이며 말했다.

"캇시랑은 다르게…… 나는 알고 있어. 니코루가 죽을 만큼 좋아했던 전 남친이 있다는 걸. 불만과 고민도 실시간으로 들었고."

스쳐 지나가는 번화가의 야경 속에서 입시학원을 다니던 무렵 세키야 씨와 자주 갔던 라멘집의 체인점이 보였다.

"그 당시 니코루가 '선배'한테 짓던 미소를…… 지금의 나에게도 지어 줄 거라는 생각이 안 든단 말이지."

"……."

수족관에서 더블 데이트를 했던 기억이 났다. 그때의 야마나는 내가 봐도 사랑스러운, 사랑에 빠진 소녀의 모습을 하고 있었다.

"그래도 난 노력할 거야."

닛시는 그렇게 말하더니 내 쪽을 보며 억지 미소를 지었다.

"니코루를 좋아하니까."

그 목소리는 가늘고 작아서 숫제 떨리는 것처럼 들렸다.

"응. ……힘내."

그 말밖에 해 줄 수가 없어서, 나는 서툰 스스로에게 한심함을 느꼈다.

그리고 그런 나만큼 서투를 게 분명한, 옆에 선 친구의 행복을 빌었다.

제1.5장 루나와 니콜의 긴 전화

“지난번에는 미안해, 니콜. 이사하느라 피곤해서 일찍 자 버렸어…….”

“괜찮아. 동거 생활은 어때? 괜찮은 느낌?”

“응! 겨우 류토랑 꽁냥거릴 수 있는 장소가 생겨서 매일 정말 행복해.”

“다행이네. ……그런데 지금 나랑 얘기해도 괜찮아? 카시마 류토가 있는 거 아냐?”

“아니! 오늘은 류토가 이지치랑 같이 식사하느라 늦게 들어올 거라고 했거든.”

“아…… 혹시 렌도 같이 있대?”

“응? 같이 있다고 할까, 니시나가 알바 하는 가게에 가서 먹을 거라고 했어.”

“그렇구나. ……여전히 사이가 좋네.”

“그치. 우리들도 그렇지만, 어쩐지 기분이 좋아져.”

“……루나.”

“응?”

“지금부터 할 얘기, 카시마 류토한테는 말하지 말아 줄래?”

“어…… 으, 응. 알았어.”

"……나, 요즘, 렌을 어떻게 대해야 좋을지 모르겠어."

"엥…… 그게 무슨 뜻이야?"

"왠지, 엄청…… 온도차가 느껴져."

"온도차?"

"전에도 말했던 것 같은데 렌이 있잖아, 되게 뻔한 걸 좋아한다고 할까…… 야경을 본다든가 로맨틱한 장소에서 데이트를 하고 싶어 한다든가, 툭하면 스킨십을 하려고 들거든."

"헐, 좋네!"

"그치만, '나랑 너 사이는 그런 느낌이 아니잖아'라는 생각이 든단 말이지."

"……그런가?"

"그렇잖아. 나랑 렌인걸?"

"음~, 확실히 고등학교 시절의 두 사람은 그런 느낌이었지만."

"그치."

"그래도 사귀기 시작하면 조금 달라지지 않아?"

"그런가? 다들 그래?"

"글쎄, 나는 류토랑 사귀고 난 뒤부터밖에 모르니까……."

"친구 같은 연인 사이로 지내는 건 안 되나? 그런 경우도 있을 수 있지 않아? '여자 친구가 제일가는 친구'라는 얘기도 가끔 귀에 들리곤 하잖아."

"응, 듣긴 하지……."

"나는 렌과 함께라면 그런 사이가 될 수 있을 줄 알았는데."

"……아니었어?"

"아니, 나는 되고 싶어……. 하지만 렌은……."

"……아닌 거면 미안한데."

"응?"

"니시나는 있잖아…… '세키야 씨'가 되고 싶은 것 아닐까?"

"뭐?"

"나는 니시나에 대해서 잘 모르지만…… 니시나가 좋아하게 된 니콜은, 계속 세키야 씨를 좋아했던 니콜이잖아?"

"……그렇지."

"그런 니콜이랑 커플이 됐으니까, 이번엔 자기가 세키야 씨처럼 될 수 있을지도 모른다고 생각하는 건…… 자연스러운 일 아닐까."

"……."

"니콜?"

"……그렇구나. 그럼 렌은 줄곧, 나랑 바라지 않았던 관계를 이어왔다는 뜻이네."

"뭐……?"

"'언젠가는 선배를 대하던 것 같은 태도로 자기를 대해 줄지도 모른다'고 생각해서, 친구 관계를 이어왔다는 뜻이잖아?"

"엥? 으음…… 그, 그래도 니콜이랑 친구로 지내는 건 니시나한테도 즐거워 보였는데?"

"그럼 계속 그대로도 괜찮았잖아."

"……그렇지만 말이야, 니콜?"

“응?”

“니시나랑 사귀기로 마음먹은 건 니콜이잖아?”

“…….”

“니시나랑 ‘친구’인 채로 남는 것보다 연인이 되는 걸 선택했잖아?”

“…….”

“친구일 때와는 다른 관계가 되기를 니콜도 바랐던 거 아냐?”

“……나는.”

“응?”

“……그때 선배를 포기하려면 그렇게 하는 수밖에 없었어.”

“뭐?”

“이제는 그만두고 싶었어. 선배 때문에 마음이 이랬다저랬다 하는 시간을 끝내고 싶었어…….”

“니콜…….”

“그대로 선배랑 헤어지기만 했다면 왜 홋카이도에 가지 않았을까 매일 밤 울면서 후회했을 테고, 선배의 SNS를 감시하면서 맞팔 된 여자들 계정을 돌아다니며 선배랑 수상한 냄새를 풍기는 건 아닌지 체크하느라…… 괴로운 날들을 보내게 될 걸 알았으니까.”

“…….”

“그래도 렌이 있어 준 덕분에. 렌이 ‘좋아한다’고 말해 줘서…… 언제나 옆에 있어 줘서, 나를 세상에서 제일 사랑해 줄 사람이 선배 말고도 있다는 확신이 들어서…… 나도 선배와 헤어질 수 있었어. 끌

사나운 짓을 하지 않고 끝낼 수 있었지."

"……니시나가 있어서 다행이었네."

"맞아. 렌한테는 정말 감사하고 있어. ……그래서 행복하게 해 주고 싶어. ……하지만."

"하지만?"

"렌을 어떻게 대해야 좋을지 모르겠어……."

"……."

"……미안, 이런 얘길 해서. 루나는 지금 최고로 행복할 텐데."

"괜찮아, 그런 건 신경 쓰지 마. ……나도 몇 번이나 힘들 때가 있었고, 그때마다 니콜이 얘기를 들어 줬잖아."

"……."

"그래도, 알게 된 사실이 있어."

"뭔데?"

"니콜한테 아무리 사정을 털어놓고 그래서 기운을 차려도 남친과의 문제는 역시 본인과 대화하는 걸로밖에 해결되지 않는다는 걸."

"……."

"그러니까 니콜도 니시나랑 제대로 대화를 나눠 봤으면 좋겠어."

"……그러게."

"미안, 기운을 차릴 만한 얘길 별로 해 주지 못해서……."

"그렇지 않아, 루나. 고마워."

"니콜이 요즘 기운이 없어 보여서…… 계속 걱정이었어. 얼른 원래의 니콜답게 돌아와 줬으면 좋겠어."

“……그러게. 이런 건 나…… 나랑 렌답지 않았어. 사귀기 전에는 뭐든지 털어놓을 수 있는 사이였는데.”

“맞아!”

“고마워, 루나. ……나, 렌이랑 제대로 얘기해 볼게.”

그렇게 통화를 마친 루나는 긍정적으로 변한 친구의 목소리가 떠오른 듯 살며시 미소를 지으며 스마트폰을 테이블 위에 올려놓았다.

제 2 장

4월도 하순으로 접어들어, 겨우 세간이 갖춰지고 짐이 정리되어 생활도 정돈된 느낌이 나기 시작했다.

"어서 와♡"

편집부 알바를 마치고 돌아오자 루나가 현관 앞으로 다가와 나를 맞이해 주었다.

"다녀왔어……!"

나는 그렇게 대답하며 루나의 실내복 차림에 저도 모르게 얼굴을 헤실거릴 뻔했다.

부들거리는 소재에 파스텔 핑크와 흰색으로 줄무늬가 난 후드 집업과 쇼트 팬츠 세트. 비슷한 실내복을 입고 있는 모습은 고등학교 때부터 본 적이 있지만 대체로 영상 통화 중이었을 때라 이렇게 눈앞에서 목격하자 자극이 강했다.

여전히 지퍼를 깊게 내려 둔 가슴과 쇼트 팬츠 밖으로 길게 뻗은 하얗고 육감적인 다리 탓에 어디로 시선을 둬야 할지 난처했다.

"오늘의 저녁 식사는 뭘까요?!"

불쑥 몸을 굽히며 눈만 들어 하는 질문에 나는 가슴을 두근거리면서도 머리를 굴렸다.

"음…… 된장국 냄새가 나는데?"

"어떤 된장국인지 알겠어?"

"어……?"

"맞추면 상을 줄게♡"

"엥, 상?! 그게 뭔데?"

"류토가 정해도 괜찮아! 류토가 좋아하는 걸 뭐든지 해 줄게♡"

재차 눈을 치켜뜨며 하는 말에, 이 자리에서 지금 당장 안고 싶다는 생각이 들 만큼 욕망을 자극당했다.

"기다려, 그럼 진지하게 생각할게……!"

나는 비강을 곤두세웠다.

게나 조개라면 독특한 향기가 더해지겠지만 그게 아니라면 된장의 향기가 너무 강해서 솔직히 알기 힘들 듯했다.

냄새 말고 다른 힌트에 의지해 보려고 요 며칠 루나가 만들어 줬던 저녁 메뉴를 떠올렸다.

이사 직후의 어수선함이 어느 정도 정리되고 루나가 제대로 된 요리를 만들기 시작한 게 그저께부터다. 그때 먹었던 된장국에는 두부와 미역이 들어갔고, 어제는 감자와 양파가 들어갔다. 그렇다면 오늘은……?

"으음…… 팽이버섯?"

전혀 감이 잡히지 않아서 대충 메이저한 재료부터 말해 봤다.

루나는 퍼뜩 놀란 얼굴을 하더니 아쉬운 듯이 웃었다.

"아까워! 버섯은 버섯인데, 잎새버섯이었습니다~!"

"그렇구나."

이건 맞추는 게 기적이다.

“그럼 두 번째 찬스! 메인 반찬은 뭘까요?”

“어? 으음…….”

내가 다시 킁킁거리며 부엌 쪽으로 코를 돌리자 된장국 냄새에 섞여 희미하게 간장이 눌은 듯한 냄새가 났다.

“……닭 간장구이?”

맨 처음 떠오른 메뉴를 말하자 루나는 ‘아~’ 하고 외마디 소리를 내며 쓴웃음을 지었다.

“유감! 돼지고기 생강구이였습니다!”

“아~!”

이건 노력하면 맞출 수 있었겠다는 생각이 든다. 좀 더 제대로 고민할 걸 그랬다.

“아쉽지만! 상은 보류!”

“그럼 주식! 주식은 반드시 맞추고 말겠어!”

“그건 안 되지! 밥일 게 뻔하잖아, 정말~!”

그런 대화를 나누며 한바탕 웃은 뒤, 우리들은 저녁 식사를 시작했다.

“‘잘 먹겠습니다~!’”

루나와 동시에 손을 모으며 입을 맞춰 말한 뒤 젓가락을 들었다.

식탁은 이케아에서 산 것으로 아담한 크기의 2인용 식탁이었다. 1인용으로도 쓸 수 있을 정도지만, 두 사람이 마주 앉아 단출하게 식사를 하기에는 딱 적당했다.

"헉, 어떡하지! 이 돼지고기 생강구이, 간이 너무 세! 큰일이야!"

먼저 된장국을 홀짝거린 뒤 돼지고기 생강구이를 먹은 루나가 당황한 소리를 질렀다.

"제대로 레시피를 보면서 만들었는데, 계량을 실수했나~?"

루나가 그렇게 말하며 식탁 위에 놓아둔 스마트폰을 들어 확인한다.

"앗, 이거 4인용 레시피였어! 2인용으로 착각해 버렸어~!"

과연, 고기 양의 2배나 되는 조미료를 사용하는 바람에 간이 세졌나 보다.

먹어 보자 확실히 루나의 말이 맞았다.

"어때? 류토, 괜찮아? 못 먹겠으면 남겨도 돼, 알겠지?"

"괜찮아. 맛이 술안주 같은 느낌이라 밥이 부족해질 것 같긴 하지만."

난처하게 웃으며 말하자 루나가 '그렇구나!' 하고 눈을 크게 떴다.

"술이랑 같이 먹으면 되겠네! 그럼, 살짝만 마셔 볼까~?"

루나가 그렇게 말하며 부엌의 냉장고로 향한다.

"류토도 마실래?"

레몬 사워 캔을 들고 뒤돌아보는 루나의 모습에서 느껴지는 신혼 느낌에 저도 모르게 얼굴이 히죽거렸다.

"응, 그럼 마셔 볼까."

그렇게 둘이서 레몬 사워 캔을 부딪쳤다.

"건배!"

"건배."

루나는 밝게, 나는 조금 수줍게.

레몬 사워 덕택에 돼지고기 생강구이는 말끔하게 나와 루나의 뱃속으로 들어갔다.

"……조금 취해 버렸어."

밥을 먹고 난 뒤 양치질을 하며 루나가 내 어깨에 툭 고개를 얹는다.

"류토……♡"

코에 걸린 듯 요염한 목소리로 이름을 불리자, 가슴 속에 화르륵 불이 붙었다.

"상으로 뭘 받고 싶어?"

귓가에 들려오는 속삭임에 나는 '엇' 하고 놀라 루나를 보았다.

"저녁 메뉴를 맞추지 못해서 못 받는 거 아니었어?"

루나는 가볍게 취해 살짝 붉어진 얼굴로, 몽롱한 시선을 보냈다.

"괜찮아, 특별히 들어줄게♡"

심장은 벌써 펄떡이며 요동치고 있었지만, 머리만은 냉정하게 굴리며.

"음, 그럼……."

루나의 귀에 내가 원하는 것을 살며시 속삭였다.

"……류토, 야해♡"

얼굴을 떼자 루나가 뺨을 붉히며 나를 바라보고 있었다.

"……안 돼?"

그렇게 묻자 루나는 헤실거리는 미소를 지으며 나에게 매달렸다.

"좋아♡"

나는 살짝 달아오른 루나의 몸을 끌어안고, 둘이서 뒤엉키듯 침실로 향했다.

◇

눈을 뜨자 옆에서 루나가 자고 있었다.

커튼 틈새로 새어든 아침 햇살에 은은하게 비친 옆얼굴이 평온하게 위를 보고 누워 있다. 가슴까지 덮인 이불이 완만하게 오르내리고 있었다.

이제는 제법 익숙해진 민낯은 여전히 조금 앳되고 사랑스럽다. 굳이 화장할 필요가 있나 싶을 만큼, 나는 이 맨얼굴의 루나가 좋았다.

루나가 설정해 둔 알람이 울리기까지 이렇게 잠든 루나를 바라볼 수 있는 약간의 시간이 즐거웠다. 그래서인지 루나가 잠에서 깨는 시간보다 아주 조금 일찍 눈을 뜨는 버릇이 생기고 말았다.

깨어 있을 때는 바로 눈이 마주치고, 루나가 커다란 눈으로 바라보면 부끄러워서 마음껏 바라볼 수 없게 되니까.

나 같은 남자에게 그녀가 잠들어 있는 시간은, 내키는 대로 실컷 그 모습을 눈에 아로새길 수 있는 고마운 시간이었다.

문득 그 속눈썹이 살짝 떨리더니, 루나의 두 눈이 설핏 뜨였다.

"류토……?"

아침 이슬을 품은 듯 물기 어린 눈동자와 시선이 마주치자 새삼스레 이상하리만큼 마음이 울렁거렸다.

"다행이야, 류토."

루나가 가만히 미소 지었다. 내 쪽으로 몸을 돌리는 그 순간의, 나른하게 천이 쓸리는 소리가 관능을 자극한다.

"류토가 멀리 가 버려서, 좀처럼 만날 수 없게 되는 꿈을 꿨어……."

그 말에 가슴이 내려앉은 건 루나에게 아직 하지 못한 말이 있기 때문이다.

"후훗, 이상하지. 그런 일은 앞으로 절대 일어나지 않을 텐데 말이야."

이상하다는 듯이 웃으며 루나가 내 품에 파고들었다.

"……그러게."

얼굴이 보이지 않는다는 사실에 살짝 안도감을 느끼며, 나는 복잡한 기분으로 루나를 끌어안았다.

이 행복한 아침이, 분명 앞으로도 계속 이어질 거라고 믿으며.

◇

동거 생활은 순조로웠으나 당연히 러브러브하지만은 않았다. 트러블이 넘쳐났고, 그 속에는 일상적인 문제들도 있었다.

"아이참, 류토. 양말을 뒤집어서 빨래 바구니에 넣지 말라고 말했잖아~!"

일요일, 아침 식사를 마친 뒤 느긋하게 시간을 보내는데 세탁기가 있는 세면실 쪽에서 루나의 목소리가 들려왔다.

"앗, 미안."

나는 자리에서 일어나 먹고 남은 식기를 부엌으로 가져가는 김에 세면실을 기웃거리며 말했다.

"입을 때 원래대로 돌리면 되니까 그대로 빨아 버려도 괜찮아."

세탁기에 세탁물을 넣고 있던 루나가 '헐~'이라고 말하며 내 쪽을 돌아본다.

"뒤집힌 상태로 수납하는 거, 어쩐지 싫지 않아?"

"으음……."

나는 딱히 개의치 않는 편이지만, 그 부분은 아마도 개인의 미의식에 따라 인식에 차이가 있겠지.

"……알았어, 주의할게. 미안."

"정말~, 부탁할게?"

루나는 귀엽게 눈을 치켜뜨며 미소 지었다.

"응."

본가에서 강하게 경고받은 적이 없어서 고치지 않았던 버릇이었기에 계속 거슬렸을 거라고 생각하니 미안한 마음이 들었다. 돌이켜 보면 양말이 뒤집힌 채로 수납돼 있었던 적은 한 번도 없었다.

"……후훗."

그때, 루나가 갑자기 웃음을 터뜨렸다.

"왜 그래?"

내가 묻자, 루나는 살짝 기쁜 듯하면서도 부끄러운 듯이 입을 열었다.

"이러고 있으니까 확실히 동거 중이구나 싶어서."

"……그러게."

그런 느낌은 있다. 세간에서 동거 중에 일어나는 문제 하면 흔히들 떠올리는 일을 하고 있다는 생각이 들자 갑자기 부끄러움이 밀려왔다.

"류토는 나보다 착실하고 꼼꼼한 사람이라고 생각했으니까, 새로운 일면을 알게 된 것 같아서 어쩐지 기뻐!"

루나가 미소 지으며 말하자 나도 어쩐지 기뻐졌다.

그리고 양말을 벗을 때는 원래대로 돌려놓자고 굳게 다짐했다.

◇

물론 내가 알게 된 루나의 새로운 일면도 있다.

그건 루나가 쉬는 일요일에 둘이서 쇼핑몰에 가려고 했을 때의 일이었다.

평일에 학교나 일터에 갈 때도 그렇지만 루나는 준비에 엄청나게 시간이 걸렸다. 뭘 그렇게까지? 라는 의문이 들 만큼 화장대 앞에 앉아서 공들여 화장을 한다. 그게 끝났나 싶으면 입을 옷을 고르느라 한참을 침실에서 나오지 않았고, 마지막 헤어 세팅에도 역시 오랜 시간을 들였다.

"있지, 류토~?"

화장을 순조롭게 마치고 옷을 고르는 단계가 되었을 때, 침실에서 루나의 호출을 받았다.

루나는 상의 두 개를 보며 고민에 잠긴 얼굴을 하고 있었다.

"이 둘 중에 어느 쪽이 나은 것 같아?"

나왔다!

항간에서 흔히들 말하는 '여자 친구가 좋다고 생각하는 쪽을 맞춰야 하는' 문제의 등장에 경계 태세를 취한다.

"오늘은 비가 오니까~ 롱 부츠에 미니스커트로 할까 싶었는데, 계절을 생각하면 부츠는 이제 좀 부담스러워서. 시스루 쇼트 부츠라면 괜찮을 것 같기도 한데 시스루는 물에 젖잖아? 부츠가 젖으면 발이 차가워지니까 상의를 두꺼운 스웨트 소재로 하는 편이 나을 것 같은데, 어떻게 생각해?"

"……."

으음? '어느 쪽이 좋아?'라고 할 게 있나? 무언가와 무언가의 선택지 중에서 골라야 하는 줄 알았는데, 이러면 루나 속에서는 이미 답이 나와 있는 것 아닌가?

"……으, 응. 그러면 되지 않을까?"

내가 머뭇거리며 대꾸하자, 루나의 표정이 환해졌다.

"그렇지! 다행이다, 고마워!"

그렇게 말하며 기쁜 듯이 웃는다.

“역시 류토한테 의논하길 잘했어~!”

“아하하.”

방금 그걸 과연 의논했다고 말할 수 있을까?

그래도 뭐, 나에게 말하는 걸로 생각을 정리할 수 있었고, 그런 의미에서 도움이 됐다면 잘된 일이라고 생각하기로 하자.

그로부터 15분 뒤.

“……아직 멀었어?”

세면대를 엿보러 가자 루나는 고데기로 한창 머리카락을 말고 있는 중이었다.

“딱 5분만 더 기다려 줘~!”

루나가 다급한 목소리로 대답한다.

“오늘은 이상하게 볼륨이 잘 안 사네. 조금 시간이 걸릴 것 같아!”

“그, 그렇구나.”

그냥도 귀여운데 뭘 그렇게까지 ‘살릴’ 필요가 있는 건지는 모르겠지만, 루나가 그렇게 말하니 기다리는 것밖에 달리 방법이 없었다.

그리하여 겨우 집을 나섰을 때 밖에서는 비가 내리고 있었다.

역까지 우산을 쓰고 걸어가 전철을 타자, 루나가 창문에 비친 자신의 모습을 보며 한숨을 내쉬었다.

“아~, 최악이야. 그렇게 짱짱하게 말았는데 비 때문에 벌써 이렇게 풀려 버렸어…….”

"그게 물에 풀리기도 해?"

그 방면으로는 일자무식인 내게 루나가 초연하게 말을 꺼냈다.

"그야 샤워하면서 머리를 감으면 다 풀리잖아? 그런 거야……."

"그렇구나."

그래도 물에 젖는 건 일상생활 속에서 비교적 흔한 일이고, 여름에는 땀도 비 오듯 흐를 터였다. 루나처럼 멋을 부리려면 그것을 유지하기 위해 행동에 제약이 많겠다고 생각했다.

쇼핑몰에 도착하고 나서도 루나는 머리카락이 마음에 걸려 기분이 썩 좋지 않은 기색이었다.

"기껏 예쁘게 말았는데……."

"……괜찮아. 귀여워."

무슨 말을 해야 할지 망설이며 그렇게 말을 걸었다.

"……고마워……."

하지만 루나는 여전히 떨떠름한 얼굴이었다.

여기서 무슨 말을 더 해야 된다는 걸까…….

실컷 기다린 끝에 불평까지 듣고 있는 내 심정은……. 나는 거기까지 생각하다 퍼뜩 깨달았다.

그런가. 마음의 문제구나.

나를 기다리게 하면서까지 머리를 말려고 했는데, 그 노력이 허사가 되어 버린 루나의 심정을 생각했다.

"……지금의 루나도 귀엽지만."

여전히 어두운 표정의 루나를 보며 그렇게 말했다.

"기껏 열심히 말았는데 풀려 버린 건 아쉽네. 머리카락이 동글동글 말린 루나도…… 귀여웠으니까."

그러자 루나가 얼굴을 활짝 펴며 나를 보았다.

"엇, 기뻐."

그렇게 말하고는 뺨을 붉히며 미소 짓는다.

"됐어, 류토한테 잠깐이라도 보여 줄 수 있었으니까, 그냥 그걸로 만족할래!"

통통 튀는 목소리로 말한 루나가 양손을 등 뒤로 깍지 끼며 천장을 올려다본다.

"후훗, 왠지 기분이 좋아졌어."

혼잣말처럼 중얼거리고는 고개를 숙이며.

미소 띤 입가를 살며시 움직였다.

"그렇구나. 나, 류토가 내 마음을 알아주길 원했던 거야."

그리고는 나를 바라보며 재차 미소를 지었다.

"고마워, 류토!"

그렇게 말하며 웃는 루나는 내가 아주 좋아하는, 언제나처럼 환한 표정을 짓고 있었다.

그때부터 루나는 오늘의 예정대로 쇼핑을 즐길 수 있게 됐다.

"아, 젤라또 피케다!"

쇼핑몰 안을 대충 훑어보며 걷던 루나가 한 가게 앞에서 걸음을 멈췄다.

폭신하고 보드라워 보이는 소재로 만들어진 파스텔 컬러의 홈웨

어를 파는 가게다. 늘 보던 루나의 실내복이 이곳 제품이었다는 걸 알았다.

"잠깐 둘러봐도 돼~?"

"응."

그렇게 대답하자 잡은 손을 끌어당기며 나도 같이 가게 안으로 데려갔다.

젊은 여성의 실내복이 주력 상품인 듯하지만, 영유아와 어린이가 입을 만한 사이즈의 옷들도 진열돼 있어서 굉장했다. 나는 어렸을 때조차 이렇게 귀여운 옷은 입어본 기억이 없었다.

멍하니 그런 생각을 하고 있는데 여전히 내 손을 잡고 있던 루나가 말을 걸었다.

"류토의 실내복은 별로 실내복 같지 않아."

"그런가?"

밖에서는 입으면 안 될 만큼 해졌지만, 이라고 생각하며 대꾸한다.

확실히 루나와 달리 실내복용으로 옷을 사는 일은 없을지도 모른다. 가지고 있는 옷이 점점 색이 바래고 늘어나서 입고 외출하는 게 부끄러워지기 시작하면 실내복으로 강등시키는 식이었다.

"이런 느낌의 옷은 안 입어?"

"엥, 이거 남성용도 있어?"

"응, 남자 옷도 판매하고 있어. 여자 친구랑 세트로 입으면 느낌이 좋아. 이것 봐!"

루나가 가리킨 쪽을 보자 나란히 선 마네킹 두 개가 색이 다른 파자마를 걸치고 있었다. 작은 쪽 마네킹은 루나가 입고 있는 것처럼 파스텔 컬러의 가로 줄무늬 실내복을 걸치고 있고, 큰 쪽 마네킹은 시크한 컬러의 가로 줄무늬 실내복을 걸치고 있다. 필시 샘플로 커플 실내복을 입혀 놓은 것이리라.

"……왠지 부끄러워."

이 보들보들한 옷으로 몸을 감싸고 있는 스스로를 상상하자 분수에 맞지 않는다는 생각이 들어 낯간지러운 기분이 들었다.

"입어보면 좋을 텐데에."

루나는 조금 아쉬운 듯한 얼굴로 가게를 떠났다.

"여기도 둘러봐도 돼?"

루나가 다음으로 멈춰 선 가게를 보고 나는 몸을 굳혔다.

"뭐……?!"

그곳은 여성용 란제리 숍이었다.

"그, 그럼, 나는 대충 근처에 있을게……."

"엥~, 어째서? 같이 안 골라 줄 거야?"

"어, 골라……?!"

여자 친구의 속옷을 같이 고른다고?! 뭐야, 그 인싸 같은 이벤트는……!

"그, 그래도, 이런 가게는 여자만 들어가야 하는 거 아냐?"

"안 그래! 여자 친구 선물을 사러 혼자 오는 사람도 있다구. 커플끼리 들어오는 건 평범할걸?"

"평범……."

은 아니라고 생각한다……. 적어도 여태까지의 내 인생을 기준으로 했을 때는…… 전혀 평범하지 않다.

"사실은 그동안 계속, 류토랑 같이 오고 싶었어! 응? 괜찮지?"

그렇게 말하며 눈만 들어 얼굴을 들여다보는 루나에게 나는 약하다.

"알았어……."

그리하여 나는 인생 처음으로 란제리 숍에 들어갔다.

"앗, 이거 귀엽다~♡"

눈을 어디에 둬야 할지 몰라 쩔쩔매는 나와는 반대로 루나는 거침없는 기색으로 가게 안을 둘러보았다.

"저기, 이것 봐, 류토. 이거 어떻게 생각해?"

"어?!"

언급된 방향으로 머뭇거리며 시선을 돌리자 브래지어와 팬티 세트가 옷걸이에 걸려 진열돼 있었다.

"패드가 엄청 들어간 브래지어래! 어때?"

"어떠냐니……."

무어라 말하는 것도 창피하고 몇 미터 떨어진 곳에 있는 손님이나 계산대에 있는 점원의 시선도 신경이 쓰여서 마구 당황하고 말았다.

"루나는 딱히 그렇게 패드에 집착할 필요는 없지 않을까……?"

"엥~, 패드가 많이 들어간 건 싫어?"

"어, 아니, 싫은 건 아닌데……."

루나는 가슴이 트인 옷을 좋아해서 다른 남자들이 훔쳐보는 건 아닐지 마음에 걸렸다.

"헐~, 그럼 류토는 어떤 속옷이 좋아? 색이나 모양 같은 거."

"어……?!"

그런 질문을 받을 줄은 생각도 못 해 봤다.

"기왕 왔으니까 가르쳐 줘! 남자 친구가 속옷을 골라 주는 게 꿈이었어♡"

"……."

너무 창피해서 얼굴이 빨개질 것 같다.

그래도 꿈이라면 이뤄줘야겠지. ……루나의 남자 친구는 나밖에 없으니까. 그렇게 생각하며 눈에 힘을 주고 상품과 대치했다.

"……이런 거, 좀 좋아해……."

대충 본 것 중에서 제일 마음에 든 검은 레이스가 달린 브래지어와 팬티 세트를 가리켰다. 루나가 입으면 하얀 피부와 대조되어 아주 관능적일 것 같다.

"흐음. 검은색이구나. 이미 갖고 있지만……."

루나가 신음하듯이 말했다.

"좀 더 흰색이나 핑크 같은 청순한 계열을 좋아하는 줄 알았어!"

"그런 것도, 좋다고 생각해……."

솔직히 말해서 입고 있는 사람이 매력적이면 속옷은 무슨 색이든 상관없다는 게 나의 거짓 없는 진심이지만, 루나가 진지하게 고민 중이었기에 가만히 있었다.

"……응, 그럼, 이걸로 해야지!"

"엇, 그래도 괜찮겠어?"

"응! 기왕이니까 류토의 취향인 걸 사고 싶어."

루나는 그렇게 말하더니 검은 레이스가 달린 속옷 세트를 손에 들고 나를 올려다보며 입 끝을 올렸다.

"이걸로 뇌쇄시켜 버릴 테니까♡"

"……!"

늘 당하고 있거든요……!

루나의 귀엽고 야한 모습에 동요하며 나는 허둥거렸다.

"한번 입어보시겠어요?"

직원에게 상품을 건넨 루나가 그런 질문을 받고 있다.

"매번 여기서 사고 있으니까 괜찮아요!"

"그거 감사합니다! 그럼 계산대로 안내하겠습니다."

매번 여기서 사고 있구나…….

그렇게 생각하자 더 초조해진다.

혼자서 어슬렁거리는 건 역시 무리라, 나는 가게 밖으로 나와 루나를 기다렸다.

"기다렸지~♡"

루나가 웃는 얼굴로 가게를 나왔다.

"후훗, 이건 언제 입어볼까나."

들떠서 그렇게 말하며 내 옆에서 나란히 걷는다.

"류토, 언제 보고 싶어?"

"엇……."

그렇게 묻자 부끄러워서 말이 횡설수설 나왔다.

"어, 언제든지…… 루나가 마음이 내킬 때……."

"알았어♡"

루나가 웃는 얼굴로 말하며 내 팔에 매달리듯 팔을 둘렀다.

"오랜만에 밖에서 밥을 먹고 돌아가자~♡"

"그럴까."

팔에서 느껴지는 온기와 부드러움은 여전히 내 마음을 어지럽히고 기쁘게 한다. 그래도 충분히 만족스러운 기분으로, 나는 루나와 레스토랑이 있는 층으로 향했다.

◇

둘 다 처음인 것치고 우리들의 동거 생활은 그럭저럭 순조롭게 시작을 끊었다고 생각한다.

집안일은 '먼저 눈에 들어온 사람이 한다'는 대략적인 규칙을 정해 분담하고 있었지만, 애초에 둘 다 집안일에 할애할 수 있는 시간이 적었기에 빨랫감도 한계까지 모아두었고 먼지도 심심하면 쌓였다.

학교와 알바로 밖에 나가 있는 시간이 길 때는 둘 다 밖에서 식사를 마치고 돌아와서 잠만 자는 경우도 있다.

학업과 일로 바쁜 루나는 온전히 쉴 수 있는 날이 한 달에 이틀 정도박에 되지 않았다. 이번 달은 이사에 휴가를 쓰는 바람에 그 이틀 조차 사라지고 말았다. 이제 곧 연휴지만 의류 매장은 그와는 무관했다.

골든위크를 코앞에 둔 일요일, 우리들은 처음으로 집에서 손님을 맞이하게 됐다. 루나의 언니인 키티 씨와 쿠로세다. 우리 집에 저녁 식사를 하러 방문할 것이다.

그날 오후 3시경, 오전 근무였던 루나가 알바를 마치고 돌아왔다.

"다녀왔어~!"

"어서 와."

나는 거실에 무릎을 꿇고 끈끈이 테이프가 부착된 청소도구, 통칭 돌돌이로 러그에 붙은 머리카락을 떼고 있었다.

"엇, 설마 류토, 청소해 준 거야?"

"응. 제대로 한 것 같지는 않지만."

집안일은 초보라 요령도 없고…… 라고 생각하며 쓴웃음을 짓는다.

"고마워! 미안해, 사실은 쉬게 놔두고 싶었지만, 그래도 덕분에 살았어~!"

루나는 손을 씻고 바삐 움직이며 귀가 후 루틴을 실행하기 시작했다.

"저녁 장 보러 다녀올게!"

"응……."

기껏 얼굴을 봤는데 또 나가 버리는구나. 그렇게 생각하며 쓸쓸

해하고 있는데 루나가 현관에서 신을 신으며 내 쪽으로 시선을 보냈다.

"……역시, 류토도 같이 갈래?"

장난스러운 표정으로 건네는 말에, 나는 기뻐져서 자리에서 일어났다.

"응, 갈래."

그렇게 둘이서 동네 슈퍼에 장을 보러 왔다.

"메뉴는 어쩌지?"

루나가 카트를 밀며 걸어가면서, 진열대를 보며 고민하고 있다.

"류토, 뭐 먹고 싶어?"

"글쎄……. 내가 지금 생각나는 거라도 괜찮으면 돈카츠인데."

"튀김인가~, 귀찮지 않아? 내일도 일찍 일어나야 하는데."

"그러게……. 기름 처리도 해야 할 테고 말이지?"

"맞아, 맞아!"

어머니는 기름을 응고시키는 약 같은 걸 사용했지만, 그런 것도 준비해야 한다고 생각하니 마음이 내키지 않았다.

본가에 있었을 때는 직접 요리를 하지 않았기에 그런 수고도 생각하지 않고 메뉴를 요청했었다 싶어 스스로를 돌아보며 반성했다.

"그리고 전문점에서 사는 편이 맛있을걸! 사서 갈래? 역 앞에 돈카츠 전문점이 있었잖아."

"아냐, 그럼 다른 메뉴로 해도 괜찮아."

"괜찮겠어?"

"응."

직접 만드는 것보다 돈이 더 들 것 같고, 그런 사치를 부릴 상황도 아니니까.

"언니랑 쿠로세한테 음식을 대접하겠다고 말했잖아? 이미 만들어져 있는 걸 사는 건 성의가 없는 것 같지 않아?"

"하긴 그래~!"

깜빡하고 있었던 것처럼 루나가 웃었다.

"그럼 류토, 다른 먹고 싶은 건 있어?"

"음…… 닭 간장 튀김, 도 튀김이고…… 탕수육이라든가?"

"탕수육?"

루나가 눈을 동그랗게 떴다.

"만들어 본 적은 없지만…… 레퍼토리를 늘리고 싶으니까 만들어 볼까. 그 파인애플이 별미지."

"……파, 파인애플을 넣으려고?"

놀라서 보자 루나는 당연하다는 얼굴로 나를 도로 응시했다.

"응? 오히려 파인애플이 있어야 완성되는 게 탕수육 아냐?"

"……."

"설마 류토, 파인애플 싫어해?"

놀림 섞인 물음에 나는 대답을 어물거렸다.

"아니, 그게…… 싫지는 않은데, 탕수육에 들어 있는 건…… 조금, 별로려나……."

"그렇구나."

루나는 아쉬운 듯한 표정을 지었다.

"그러고 보니 아빠도 파인애플은 필요 없다는 파였지. 나한테 다 줬었어."

"난 주면 먹기는 해."

그저 직접 만들 거면 굳이 넣을 생각은 없을 뿐이다.

"그럼 탕수육은 만들지 말자. ……음, 은근히 까다롭네."

"음식 취향은 사람마다 제각각이니까."

"류토의 취향은 대체로 파악한 줄 알았는데, 아직 멀었어."

루나가 쓴웃음을 지었다.

레스토랑에서 주문하는 것과 달리 직접 요리를 하게 되면 드는 수고도 생각해야 하고 가능하면 맛도 제 취향으로 하고 싶어서 고려할 부분이 많다는 생각이 들었다.

"그럼 카레는 어때?"

이거라면 이견이 없을 거란 생각에 제안했다. 조리 실습이나 캠핑에서 다들 한 번씩 만들어 보는 메뉴이기도 하고, 다인수가 즐기는 대표적인 요리니까.

"분명 언니가 카레를 좋아한다고 했었지?"

"아, 맞아! 그럼 카레로 할까!"

루나의 표정이 밝아진다.

"그래도 그런 간단한 걸로 괜찮으려나? 마리아가 실망하는 건 아니겠지?"

"쿠로세는 카레를 싫어해?"

"아니, 우리 가족들은 전부 카레를 엄청 좋아해!"

"그럼 괜찮지 않을까?"

내가 말하자 루나가 웃었다.

"그러게! 아, 그럼 디저트로 마리아가 좋아하는 몽블랑을 사 줘야겠다! 역 앞 케이크 가게에 들르는 거, 까먹지 말아야지."

"기억해 둘게. ……참, 카트는 내가 밀게. 미처 생각 못 해서 미안."

나는 거기서 루나에게서 카트를 빼앗아 채소 코너로 방향을 틀었다.

"아냐. 같이 와달라고 해서 미안하지. 휴일에는 편히 쉬게 해 주고 싶었는데."

"괜찮아. ……루나랑 함께 있고 싶으니까."

부끄러워하면서도 진심을 담아 말하자 루나가 기쁜 듯이 웃었다.

"맞아, 나도 그래. 그래서 같이 가자고 해 버렸어."

그렇게 말하며 카트의 핸들을 쥔 내 손 위에 살며시 손을 포개 왔다.

"……말해 보길 잘한 것 같아."

지근거리에서 눈을 맞추며 가만히 서로에게 미소 짓는다.

그렇게 우리들은 카레 재료와 몽블랑을 사서 집으로 돌아왔다.

그 뒤 우리들은 함께 부엌에 섰다.

요리는 아직 손에 익지 않았다. 루나가 식사를 차릴 때는 제대로 된 집밥이 나오지만, 내가 식사를 차릴 때는 즉석식품을 데워 밥 위에 얹는다든가 냉동 만두를 구워서 내는 식이 되곤 했다.

그래도 루나와 같이 뭔가를 할 수 있다는 게 즐거워서, 오늘은 함께 저녁 준비를 하기로 했다.

대접할 메뉴는 카레라이스와 바냐 카우다로 정했다. 바냐 카우다는 샐러드의 일종인 듯 루나가 슈퍼에서 바냐 카우다 소스를 사 왔다.

"……어쩐지 사요 할머니 집에서 돼지고기 감자조림을 먹었을 때 생각이 나."

감자를 썰던 손을 멈추며 루나가 불쑥 중얼거렸다.

다른 재료들은 이미 가스레인지 위 냄비에서 보글보글 끓고 있다. 감자는 너무 익히면 뭉그러지기 쉬워서 마지막에 넣는 게 루나의 방식이라나.

"내 요리 실력은 그때에서 거의 달라진 게 없어."

자랑할 일이 아니라 씁쓸하게 웃으며 말했다.

그때는 루나의 일을 거드는 정도로 생각했지만, 지금은 그때보다는 좀 더 많은 도움을 주고 싶었다. 이런 생각을 하게 된 것도 역시 동거를 시작했기 때문이리라.

"어쩔 수 없지, 류토는 수험 공부랑 대학 생활로 바빴으니까."

"그렇게 부지런히 공부했던 것도 아니지만."

"그래도 선생님이 될 공부도 하고 있잖아? 수업도 다른 사람들보다 많이 듣고."

"아아, 교직 이수? 그건 그렇긴 하지만."

아무래도 쿠지바야시처럼 늘 공부하는 사람이 곁에 있다 보니, 나는 아직 한참 놀고 있는 학생이라는 생각이 들었다.

"……기왕이면 좀 더 시간이 있었을 때 요리 같은 걸 배워 둘 걸 그랬어."

"엥, 어째서?"

"그야 루나보다 내 쪽이 집에 있는 시간이 많으니까…… 혹시라도 내가 요리를 할 줄 알았다면 제대로 된 식사를 차려 줄 수 있었을 텐데 싶어서."

외출 준비로 바쁜 와중에 루나가 열심히 아침 식사를 만드는 모습을 보고 있으면 내가 요리를 할 수 있었다면 좋았을 거라는 생각이 들어 안쓰러워졌다.

"……조금씩, 할 수 있게 되면 좋겠다고 생각하니까. 레시피 사이트 같은 데서 검색해서 쉬운 것부터 만들어 볼게."

"류토……."

루나는 나를 바라보며 기쁜 얼굴을 하더니 조금 미안한 표정을 지었다.

"……미안해. 내가 바쁜 탓에 세끼 식사를 챙겨주지 못해서……."

"엇, 아냐, 정말 괜찮아."

딱히 불만을 표할 생각은 아니었기에 당황했다.

"같이, 해 나가자."

설명은 부족할지 모르지만 진심을 담아 그렇게 말하며 루나에게 웃어 보였다.

그러자 루나도 나를 보며 미소를 지어 주더니,

"응!"

하고 한껏 고개를 끄덕였다.

"……좋았어. 그럼, 이 감자도 넣어야지."

썰어 놓은 감자가 놓여 있던 도마를 든 루나가 냄비에 그것을 투입한다.

"루도 넣고……."

이어서 루나가 상자에서 꺼낸 루를 넣으려고 했다.

"루나, 루나. 루를 넣을 때는 불을 끄는 거 아니었어? 상자에 적혀 있는 만드는 방법, 아까 읽었는데."

"엥, 진짜? ……정말이네! 헐~, 난 매번 끓이면서 넣었는데! 그래도 맛있었거든?"

루나는 그렇게 말하면서도 불을 껐다.

"앗, 그런데 류토, 오이를 그렇게 잘라도 돼? 바냐 카우다인데?"

"어?"

도마가 비어서 눈치 빠른 모습을 보여 주려고 바로 오이를 자르고 있었던 나는 놀라서 손을 멈췄다.

샐러드라니까 편으로 썰면 되겠지. 그렇게 생각하며 자르고 있었는데.

애초에 바냐 카우다가 뭐더라. 들어 본 적은 있지만 직접 사거나 시켜 본 메뉴는 아니라 짐작도 가지 않는다.

"채소 스틱을 소스에 담가서 먹는 거야! 그래선 스틱이 안 되지 않을까?"

"아…… 그러네."

"정말~"

루나는 그렇게 말하면서도 웃고 있었다.

"그럼 어쩔 수 없으니까 찹 샐러드로 만들어서 바냐 카우다 소스를 뿌려 먹자!"

"찹 샐러드……?"

"모든 채소를 작은 주사위 모양으로 자르는 거야."

"아, 알겠어."

그거라면 두껍게 편을 썰어 뒀으니 딱 좋았다.

그리하여 다소 변경된 부분이 생기긴 했지만, 식사 준비는 대체로 순조롭게 마무리됐다.

저녁 6시가 지나 루나의 언니와 쿠로세가 함께 우리 집을 방문했다.

"실례하겠습니다~!"

"실례하겠습니다."

"어서 와! 언니, 마리아."

"와, 굉장하다! 엄청 넓잖아!"

루나의 언니가 집으로 들어오자마자 환성을 질렀다.

"언니네 집이 너무 좁은 게 아니라? 그 집은 한 명이 자취하는 용이잖아? 이사는 안 해?"

쿠로세의 말에 루나의 언니가 쓴웃음을 짓는다.

"이사는 이래저래 귀찮은 일이 많잖아? 돈도 들고. 라이도 출근할 수 있는 거리니까 나중에 혹시라도 아이가 생기면 고려해 보려고."

루나의 언니와 라이온 씨는 지금도 그 집에서 살고 있는 모양이다. 나와 루나가 첫 경험을 한 장소가 사라지지 않았다는 걸 알고 조금 기뻐졌다.

"그나저나 카레 냄새가 엄청 나! 오늘 밤은 카레야? 아싸!"

접대 메뉴로서는 자신이 없었던 카레에 순수하게 기뻐해 주는 루나의 언니를 보고 나와 루나는 눈을 마주 보며 미소 지었다.

넷이서 둘러앉은 식탁은 평소보다 떠들썩했다.

2인용 식탁은 아래에 수납돼 있는 나무판을 꺼내 연장하면 최대 4인까지 쓸 수 있는 넓이가 된다. 이케아에서 구매했을 때는 이 기능을 쓸 날이 과연 올지 의문이었지만 생각보다 빨리 빛을 볼 수 있게 돼서 다행이었다.

"우리 집 카레 맛이야! 간 사과도 넣었어?"

"당연히 넣었지!"

"맛있어! 최근엔 즉석식품만 먹고 직접 만들어 먹질 않았으니까 기뻐~!"

루나의 언니는 카레를 먹으며 기분이 좋아 보였다.

"이 샐러드도 독특한데 맛있어."

쿠로세가 참 샐러드를 먹으며 말해서 나와 루나는 웃었다.

"정말? 다행이다!"

"내가 실수하는 바람에 살짝 메뉴에 변경이 있었어……."

"그랬어? 맛있어, 드레싱이 바냐 카우다 같은 맛이 나서."

"아하하……."

그야 그렇겠지. 마음에 들었다니 뭐, 다행이다.

"돼지고기 카레는 즉석식품 중에서는 의외로 잘 안 보이지. 우리 집의 맛 너무 좋아~."

루나의 언니는 여전히 카레라이스를 음미 중이다.

"설마 카레에 돼지고기는 소수파인 걸까?"

"엥, 그런가? 류토네 집 카레는 무슨 고기였어?"

"우리 집은 소고기. 조림용으로 파는 두꺼운 거."

"그거 비싸지 않아?!"

"크리스마스 같은 날 비프스튜로밖에 못 먹는 건데?!"

루나의 언니와 루나가 내 대답을 듣고는 흥분한 듯이 몸을 앞으로 내밀었다.

"그, 그게…… 우리 집은 비프스튜를 집에서 만들 일이 없었으니까, 그 대신이려나?"

"말도 안 돼, 만드는 빈도수는 카레가 훨씬 높잖아!"

"류토네 집은 부자네!"

"그런 건 아닌데…… 카레가 나오는 것도 기껏해야 달에 한 번 정도였고."

"그랬어?! 우리 집은 거의 일주일에 한 번은 카레였지?"

"맞아! 어째서인지 매주 금요일에!"

"쿠로세 가에서는 지금도 그래. 수수께끼지."

쿠로세도 웃으며 말했다.

"우리 집도 일주일에 한 번이었으면 소고기가 아니었을지도 몰라."

"소고기가 정말로 비싸긴 해. 특히 국산은."

루나의 언니가 한숨을 내쉬듯이 말한다.

"다음에 월급이 들어오면 만들어 볼까! 소고기 카레!"

루나가 들뜬 기색으로 말해서 나는 웃었다.

"괜찮겠어? 소고기는 비싸잖아?"

"응. 그래서 월급을 받은 직후에 딱 한 번, 매월 비프 카레. 어때?"

"좋네."

나는 웃으며 카레를 한입 가득 넣었다.

"그때는 류토네 집에서 만드는 방식으로 만들자! 오늘은 100퍼센트 우리 집 카레였으니까."

"알았어. 그럼 부모님한테 카레 만드는 방법을 물어볼게."

생각해 보면 같은 교복을 입고 같은 학교를 다녔어도 저마다 전혀 다른 가정에서 지내 온 셈이니.

상대방이 지내 온 가정의 문화를 알고 새로운 가정 문화를 만들어 나갈 필요가 있을지도 모르겠다고 생각했다.

"……돼지고기 카레도 맛있네."

카레를 먹으며 나는 감개무량한 기분으로 말했다.

"그치? 우리 집 카레는 계속 이거였어!"

루나가 기쁜 듯이 미소 지었다.

"역시 이 맛이 아니면 집에 온 것 같지가 않아!"

"이렇게 먹어도 질리지 않는다는 게 참 신기하지."

루나의 언니와 쿠로세도 맛있어하는 기색으로 스푼을 입으로 옮겼다.

그런 원래는 시라카와 가에 속해 있었던 사람들과, 나는 식탁을 에워싸고 앉아 있다.

"응, 맛있어."

처음으로 먹어 본 루나의 집 카레에서는 신기하게도 그리운 맛이 났다.

루나를 길러 준 가정의 맛을 맛볼 수 있어서 기쁘다.

어쩌면 언젠가 태어날지도 모를 우리들의 아이는 이 카레를 보통의 카레라고 생각하며 성장할지도 모르겠다.

달에 한 번만 나오는 특별한 비프 카레에 '럭키'라고 생각하려나.

가정의 문화가 완성되어 가는 모습을 상상하며, 언젠가 올지도 모를 미래의 풍경에 혼자 가슴이 뜨거워졌다.

"동거는 어때? 익숙해졌어? ……앗, 이 몽블랑 맛있다."

식후 티타임에 쿠로세가 그렇게 말하자, 루나가 활짝 웃었다.

“응! 단지, 생각했던 것보다 바쁘고 정신이 없어서, 둘만의 시간을 갖는 게 어렵긴 하지만.”

“동거는 데이트가 아니라 생활이니까.”

루나의 언니가 머그 컵으로 커피를 마시며 공감한다는 듯이 말했다. 그 어조에는 자신이 실제로 느꼈던 감정이 담겨 있는 듯했다.

“그래서 즐겁기만 한 게 아니고, 귀찮은 일이나 힘든 일도 있지. 우린 지금 일단 돈이 없는 게 힘들어!”

“나도! 그래도 역시 시간이 없는 게 제일 힘들어!”

루나가 동의한다.

“그래도 그것도 돈이 있으면 해결되지 않아? 일하는 동안 가사 대행을 의뢰하면, 돌아와서 반짝반짝한 집에서 갓 나온 밥을 먹을 수 있잖아! 극단적으로 말해서, 애초에 일을 할 필요가 없어지잖아! 전부 해결되니까!”

“확실히 그러네~! 복권이라도 살까!”

그런 꿈같은 얘기로 재잘거리는 루나의 언니와 루나를 보며, 몽블랑을 다 먹은 쿠로세가 침착한 표정으로 입을 열었다.

“……나는 돈이 있어도 일을 하고 싶어.”

“하지만 그것도 좋아하는 일을 하고 있을 때잖아?”

루나의 말에 쿠로세는 ‘그렇긴 하지만…….’하고 말끝을 흐리며 두 언니를 보았다.

“루나와 언니는 좋아하는 일을 하고 있고, 일을 하고 싶어서 열심히 노력하고 있는 거잖아? 그럼 돈이 아무리 많아도 일하고 싶어지지 않아?"

"……그렇긴 해."

"그 말도 듣고 보니 그렇네!"

두 언니가 금세 동의한다.

"그럼 역시 일해서 돈을 모아서 시간 여유를 만드는 게 빠른 길인가."

루나가 넌더리가 난다는 듯이 천정을 올려다본다.

"힘내야지. 잔뜩 돈을 모아서, 노후에는 류토랑 같이 여행을 가거나 좋아하는 걸 하면서 지내는 거야!"

그 말에 저도 모르게 그런 노후를 상상하며 마음이 따스해졌다.

"나도! 노후에는 라이랑 가마쿠라 같은 데로 이주하고 싶어."

루나의 말에 덩달아 루나의 언니도 노년의 야망을 발표했다.

"관광지니까 비쌀 것 같은데?"

"역시? 돈을 모아야겠네~!"

"나도~!"

그런 두 언니를 보며 쿠로세가 재미있다는 듯이 웃음을 터뜨렸다.

"둘 다 벌써 노후를 고민하고 있네."

그렇게 말하고는 문득 뭔가를 깨달은 얼굴을 하더니 내 쪽을 힐끔거린 뒤 재차 언니들을 보았다.

"……그러고 보니 말인데, 둘 다, 엄마한테 할아버지 얘기 들었어?"

“아아, 응…….”

“들었어. 이미 계속 입원 중이시라며?”

언니의 물음에 쿠로세가 고개를 끄덕였다.

“응. 이번에는 전에 신세를 졌던 병원이 아니라 요양 병원이니까…… 언제 그런 연락이 와도 괜찮도록 둘 다 마음의 준비를 해 둬.”

“……응…….”

“……알았어.”

루나와 언니는 침울한 얼굴로 고개를 끄덕였다.

전에 루나에게 살짝 들은 적이 있는데, 쿠로세와 같이 살고 있는 외할아버지는 치매와 동시에 암을 앓고 있어서 검사나 치료 때문에 가끔 입원하는 일이 있었다. 하지만 이번에는 병증이 결국 각오를 다지지 않으면 안 될 지경에 이른 것이리라.

“……기껏 초대해 줬는데 어두운 얘기를 해서 미안해, 카시마.”

그때 쿠로세가 상황을 애써 무마하듯이 나를 보며 웃었고, 나는 황급히 고개를 저었다.

“아니, 괜찮아. 자매 셋이 만날 기회도 좀처럼 없을 테니까. 얘기할 것도 많겠지.”

“확실히 그래! 정말 오랜만이야.”

루나가 밝은 목소리로 말하자 식탁의 분위기도 다시 원래대로 돌아왔다.

“그보다, 나는 마리아 얘기도 듣고 싶은데!”

그때 루나의 언니가 쿠로세에게 말을 건넸다.

"마리아는 전부터 직접 물어보지 않으면 자기 얘기를 안 했잖아!"

"나도 마리아의 사랑 얘기를 듣고 싶어! 쿠지링이랑은 어떻게 됐어?"

"쿠지링?"

"류토의 대학 친구! 전에 집에서 얘기했을 때 말했잖아!"

"아~, 기억났다! 라인을 주고받는 중이랬지? 어떻게 됐어?!"

"어쩌고 자시고…… 딱히. 여전히 라인을 주고받는 게 다야."

"얼굴은 안 봐?"

"응. 나는 취업 준비 중이고, 그쪽도 바빠서 그럴 겨를이 없지 않으려나."

쿠로세는 새침한 얼굴로 말하며 머그 컵의 홍차를 마셨다.

"엇, 쿠지링은 취업 준비는 안 하고 대학원에 가는 거 아니었어?"

"그렇지."

루나의 물음에 나는 고개를 끄덕였다.

"그래도 가을에 대학원 시험이 있잖아? 공부를 해야 하지 않겠어?"

쿠로세가 그렇게 말한다.

"뭐, 그렇긴 하지만…… 쿠지바야시는 그동안 계속 취미처럼 공부를 해 왔으니까 딱히 벼락치기가 필요한 수준은 아니지 않을까?"

그처럼 평소에도 자주적으로 공부하는 학생을 나는 대학에 들어오기 전에는 본 적이 없었다. 그런 사람이어야 학자가 될 만하다고 생각했다.

“그럼 마리아랑 데이트할 시간 정도는 있다는 뜻이네?”

루나의 물음에 나는 재차 고개를 끄덕였다.

“그럴 거라고 생각하는데…….”

“그럼 왜 만나자고 말하지 않는 걸까~? 마리아를 안 좋아해?”

“그렇지는 않을 거라고 생각하는데…….”

애초에 쿠지바야시는 ‘호감이 없으면 연락을 주고받지 않는다’는 스스로의 가치관에 기초해 행동하고 있으니, 분명 ‘연락을 취하고 있으므로 자신의 호감이 상대방에게 전달되고 있을 것’이라는 이론을 전개하고 있을 가능성이 컸다.

—그럼 매번 답장을 주는 쿠로세도 쿠지바야시한테 호감이 있다는 뜻이겠네? 슬슬 식사 정도는 같이 하자고 해도 되지 않아?

내가 그렇게 말해도,

—여인의 생각은 알 수 없구려.

라는 주장만 반복해서 이제는 나도 쿠지바야시의 속내를 도무지 알 수 없었다. 뭐, 대충 이해는 갈 것 같긴 하다만.

분명 아싸 동정에게서 흔히 발생하는 (실제로 나도 그랬다) 자신감 결여로 인해 좀처럼 다음 행동으로 나서지 못하고 있는 거겠지. 나는 루나 쪽에서 적극적으로 다가와 준 덕에 용기를 낼 수 있었지만, 쿠로세는 그런 성격이 아니고 그녀로서도 쿠지바야시의 마음을 알 길이 없으니 진전이 없는 건 당연했다.

하지만 쿠지바야시가 쿠로세에게 느끼고 있는 호감을 내가 여기서 멋대로 발표할 수는 없다고 생각했다. 애초에 나 자신도 그에게 확실한 마음을 들은 건 아니었기에, 무어라 말해 줄 수 없다는 게 답답했다.

"딱히 상관없어. 내 목적은 '이성 친구를 만드는 것'이었으니까."

쿠로세가 말한 것처럼 그녀가 쿠지바야시와 교류하게 된 계기는 잘생긴 유부남 만화가 사토 나오키를 사랑해 버렸던 쿠로세에게 나와 루나가 '남자 면역을 기르도록 이성 친구를 만들어 보는 게 어떠냐'고 권한 게 시작이었다.

"원래는 그게 맞았지만 말이지? 마리아도 데이트 정도는 해도 괜찮다고 생각하고 있잖아?"

"딱히. 그쪽에서 진전시킬 마음이 없다면, 난 이대로도 충분해."

말은 그렇게 하면서도 쿠로세의 표정에서는 불만이 엿보였다. 그것이 어떤 종류의 불만인지는 여심에 정통하지 않은 나로서는 알 길이 없었지만, 적어도 쿠지바야시에게 친구 이상의 호감을 갖고 있다는 건 확실해 보였다.

그럼 쿠지바야시가 먼저 적극적으로 나서면 되겠다는 생각은 제삼자라서 할 수 있는 것이고, 내향적인 남자에게 그게 어려운 일이라는 건 나도 안다.

"……어렵네, 남자랑 여자는."

루나의 언니가 진지하게, 이야기를 정리하듯 말했다.

"어렵다고 하니 말인데."

그때 루나가 얼굴을 구기며 말했다.

"동거는 왠지 생각했던 것보다 어려운 것 같아."

"뭐야 뭐야, 벌써 류토랑 싸우기라도 했어~?"

루나의 언니가 놀리듯이 나와 루나의 얼굴을 번갈아 본다.

"그건 아니지마안."

루나가 심난한 기색으로 고개를 젓는다.

무슨 얘기를 하려나 싶어 나도 긴장했다.

"동거하기 전에는 가능하면 내가 집안일을 전부 하려고 생각했어. 하지만 동거를 시작해 보니 분담해도 제법 힘들더라고. 류토가 이것저것 해 주는 건 기쁘지만 '내가 해야 하는데 미안해.'라는 죄책감도 들고."

루나가 말하자 언니가 동의한다는 듯이 고개를 끄덕였다.

"아~, 알 것 같아~. 나도 그랬으니까. 계속 집안일은 내가 전부 하고 싶어! 해야 해! 라고 생각했거든."

"헐, 진짜?!"

루나가 놀란 표정을 지었다.

나는 나대로 내가 몰랐던 루나의 속내에 놀라고 있었다.

그래도 짚이는 구석은 있었다.

—고마워! 미안해, 사실은 쉬게 놔두고 싶었지만, 그래도 덕분에 살았어~!

—……미안해. 내가 바쁜 탓에 세끼 식사를 챙겨주지 못해서……

굳이 오늘 일로 한정하지 않아도, 루나는 내가 집안일을 하고 있으면 미안한 기색을 비칠 때가 있었다. 아직 같이 생활한 지 얼마 되지 않아서 예의를 차리는 건 줄 알았는데.

그런 루나에게 언니가 말했다.

"나는 지금은 이제 내가 할 수 있는 범위의 일만 할 수 있으면 만족이라고 여기게 됐지만. 라이의 도움을 받는 데 죄책감도 없고."

"그래?"

어쩌다 그렇게 생각할 수 있게 됐는지 조언을 기다리는 자세가 된 루나를 곁눈질하며 루나의 언니가 불현듯 나를 보았다.

"있지, 류토네 집에서는 아버지도 집안일을 하고 계셔?"

"네?"

생각지도 못한 질문에 나는 반사적으로 자신의 기억을 되짚었다.

"……아뇨, 저희 집은 거의 어머니가 하세요. 전업주부셔서. 아버지는 분리수거나 가끔 설거지 정도만 하셨어요."

그 말을 듣고 루나의 언니는 웃었다.

"우리 집이랑 똑같네."

"그러게~!"

"루나랑 마리아랑 다섯 명이 같이 살고 있었을 때는 엄마도 일을 안 했으니까. 아빠가 집안일을 하는 건 본 적이 없었어."

"이혼하고 나서도 그랬을걸? 지금 사는 집으로 오고 나서는 할머니가 집안일을 했으니까 아빠는 여전히 아무것도 안 했어. 쌍둥이가 태어나고 나서는 육아랑 관련된 일은 조금 하게 됐지만."

"맞아. 그런 아빠가 육아에 참여하게 되다니 그것만으로도 조금 놀랐다니까."

"정말로 '조금'이지만 말이지."

루나의 말에 언니가 웃는다. 그리고는 조금 진지한 표정을 지으며 고개를 숙였다.

"나는 깨달았어. 내가 집안일을 해야 한다고 생각했던 건 그 시절의…… 다 함께 살았던 시절의 엄마가 머릿속에 박혀 있었기 때문이라는 걸."

그렇게 말하며 루나를 본다.

"루나가 생각했던 만큼 집안일을 잘 해내지 못해서 죄책감을 느끼는 것도 그 때문 아닐까?"

"……아~, 그럴지도."

루나가 고개를 숙이며 대답한다.

그런 루나에게 언니가 말했다.

"라이는 어렸을 때 계속 어머니랑 둘이서 살았잖아? '둘이서 사는 집이니까 집안일은 반씩 하자'고 어머니랑 약속했대. 그게 당연하다고 여겨 왔으니까 '키티 혼자서 집안일을 다 하면 미안하다. 내가 할 몫은 남겨 뒀으면 좋겠다'고, 결혼을 결심한 뒤에 말하더라고."

"……두 사람한테는 전업주부였던 엄마가 인상에 깊이 박혀 있으니까."

그때, 여태까지는 나와 마찬가지로 묵묵히 얘기를 듣고 있었던 쿠로세가 입을 열었다.

"난 이미 이혼하고 나서 어머니랑 산 세월이 더 길지만."

"하긴. 지금 쿠로세의 집에서는 엄마랑 할머니랑 마리아가 집안일을 분담해서 하고 있지?"

"맞아. 안 그러면 밖에서 하루 종일 일한 사람이 돌아와서 집안일을 전부 해치우는 건 무리야. 보면서도 그런 생각이 드는걸."

그 말에 루나는 조금 씁쓸한 표정으로 고개를 숙였다.

"그렇구나……. '엄마 같은 주부가 되고 싶다'는 생각에 집안일을 전부 하려고 했는데…… 엄마도 이제는 같이 살던 때랑은 달라졌네."

"그래. 그러니까 루나도 의식을 업데이트해야 해."

쿠로세의 말에 언니도 크게 고개를 끄덕였다.

"맞아. 괜찮아. 류토라면 루나가 고생하고 있다는 것도 제대로 알아주고 있을 테니까!"

"아, 네. 그야 물론."

어쩐지 압박을 받는 듯한 기분이 드는 것도 같지만, 이상하게도 싫지는 않았다. 그것이 쿠로세와 루나의 언니가 루나를 정말로 아끼는 마음에서 하는 말이라는 걸 알기 때문이다.

그리고 나부터가 루나를 지탱해 주고 싶다고 생각하고 있기 때문이리라.

"오늘 만든 카레랑 샐러드도 장보기부터 같이 해서 같이 만들었어!"

"좋네. 동거 커플이라는 느낌이 나."

"둘이서 만드는 거 재밌지! 임기응변으로 대처할 수 있으면 좋아. 우리 집은 라이가 요리를 잘하지만 시간이 있을 때는 내가 만들기도 해. 좋아하는 사람을 위해서 요리하는 건 역시 행복하니까."

"맞아~!"

언니의 발언에 루나가 한껏 고개를 끄덕였다.

"나도 시간이 있을 때는 류토를 위해서 식사를 만들어도 돼?"

"응, 물론, 그래 주면 기쁘지."

"고마워, 류토♡"

두 사람 앞에서 달콤한 미소를 받자 왠지 쑥스러워져서, 마주 미소를 지으면서도 눈을 돌리고 말았다.

같이 살면 그동안 보이지 않았던 것들이 보이기 시작한다. 루나는 내가 생각했던 것 이상으로 노력가였고, 가족을 중요하게 생각했다.

서로에게 애정을 느끼고, 배려하고.

상대방의 입장을 상상하면서.

사람은 그렇게 가족이 되어가는 것일지도 모르겠다.

루나의 언니, 쿠로세와 넷이서 둘러앉은 식탁은 그런 것을 가르쳐 주었다.

◇

그러던 와중에 후지나미 씨에게서 '오랜만에 만나자'는 연락이 왔다.

"이래저래 할 얘기가 많아졌으니까. 이참에 한 번 카시마랑 직접 만나서 보고해 두고 싶었어."

약속 장소로 지정된 도내 호텔 라운지에서 얼굴을 보자마자 후지나미 씨가 그렇게 서두를 꺼냈다.

처음 방문한 호텔인데도 비즈니스 호텔보다는 급이 높아 보이지만 고급 호텔만큼 요란하지는 않아서, 어른들이 진지한 얘기를 하기에 아주 적합한 분위기라고, 자리에 안내받을 때부터 생각했다.

천장이 트여 있어 개방감이 느껴지는 라운지에는 인조 식물들이 곳곳에 배치돼 있었고, 벽 한 면을 차지한 유리창에서 밝은 빛이 비쳐 들고 있었다. 골든위크 사이에 낀 평일이라 그런지 업무로 미팅 중인 듯한 성인 그룹과 사적으로 이야기꽃을 피우고 있는 부인들이 반반쯤 되는 비율로 테이블을 점거하고 있었다.

그런 가운데 두 사람 몫의 커피가 도착하자, 후지나미 씨가 진지한 얼굴로 내게 말했다.

"일단은 장소 말인데. 인도네시아로 정해졌어. 일본인이 잘 가는 곳은 발리섬이지만, 자와섬에 있는 자카르타, 수도지."

"……그렇군요."

인도네시아라는 나라와 장소에도 아무런 실감이 들지 않아서, 멍하니 맞장구를 칠 수밖에 없었다. 무지한 스스로가 부끄럽다.

"실은 제법 전부터 정해 두긴 했는데, 이번에 드디어 각종 신청이 통과돼서 정식으로 사업을 인정받은 덕에 얘기할 수 있게 됐어."

후지나미 씨는 이이다바시 서점에서 일 얘기를 하던 때와 같은 톤으로 담담히 설명을 이어 나갔다.

"주요 멤버들이 이주를 마치는 대로 바로바로 업무를 시작하게 됐어. 나는 7월부터고. 사실은 좀 더 일찍 가고 싶지만, 일본에 있는 동안 해 두고 싶은 사전 작업이 많아서 말이야. ……이를테면 전도가 유망한 신규 졸업자 확보 같은?"

장난기를 가득 담아 그렇게 말하며 후지나미 씨는 진지한 표정을 지었다.

"가능하면 내가 일본에 있는 동안에 카시마의 고용계약을 진행하고 싶은데, 어때?"

"그건……."

내가 말을 머뭇거리자, 후지나미 씨가 탐색하는 듯한 시선을 보냈다.

"설마 망설이는 거야? 벌써 내정된 곳이라도 있어?"

"아…… 그게, 실은 아직 여자 친구한테 말을 안 해서요."

내가 자백하자 후지나미 씨가 눈을 크게 떴다.

"엥, 아직도? 동거는 시작했다며? 결혼할 생각인 거 아냐?"

"저는 그럴 생각인데요, 해외로 갈지도 모른다는 얘기는 아직 못 했어요."

"우리 회사로 와 준다면 4월부터는 해외에서 근무하게 될 테니까 슬슬 말해 두지 않으면 안 돼. 둘 다 이것저것 준비할 게 있잖아."

"그렇…… 겠죠, 아무래도."

"뭐, 시간은 좀 더 있으니까, 다음 달 중으로는 부탁해."

"……네."

지금은 5월 초고 다음 달은 6월이다. 7월까지는 고용계약을 마쳐야 하니 여유는 그다지 많지 않다는 느낌이 들었다.

"여기까지 질문 있어?"

루나 일로 머리가 가득 차 있었던 나는 멍하니 생각했다.

"……후지나미 씨가 사장님인가요?"

문득 떠오른 소박한 질문을 던지자 후지나미 씨가 재밌다는 듯이 웃었다.

"아냐 아냐. 내가 보낸 자료 중에 그런 부분도 일단은 기재돼 있었는데, 보아하니 안 읽었구나?"

"네? 아, 죄송해요. ……조금 어려워서."

확실히 후지나미 씨가 몇 번인가 회사에 관한 자료를 보내왔지만, 사무적인 문자의 나열에 별로 훑어볼 기분이 들지 않아서 무시했다.

"이이다바시 서점 창업자 가문 사람 중에 은퇴한 편집자가 있는데, 그 사람이 최대 출자자. 그 사람이 공적, 사적으로 알고 지내던 젊은 편집자들에게 말을 걸어서 신규 사업을 하게 됐어. 그래도 그 사람은 경영 쪽이 메인이니까 업무 내용적으로 말하면 새로운 편집부를 전담하는 건 나겠네. 적어도 카시마의 직속 상사는 내가 될 거라고 생각해."

"그렇군요."

"그밖에는? 궁금한 거 있어?"

거기서 나는 살짝 의문으로 여기고 있었던 부분을 질문해 보기로 했다.

"……후지나미 씨는 어째서 제가 편집자로 적합하다고 생각하신 건가요?"

알바를 시작한 지 얼마 되지 않았을 때부터 후지나미 씨에게 '편집자에 소질이 있다'라는 말을 수차례 듣는 바람에 결국 마음이 그 쪽으로 기울어 버리긴 했지만, 실질적인 편집 업무는 하지도 않았는데 자신의 어느 부분이 편집자로 적합한 건지는 여전히 이해가 되지 않았다.

후지나미 씨는 내 질문을 듣고는 살짝 미소 짓더니 커피를 한 모금 마셨다.

"……네가 타인과 함께해 줄 수 있는 사람이라고 생각했기 때문이야."

컵을 컵 받침에 내려놓으며 후지나미 씨가 그렇게 말했다.

"귀여운 여친이 있다는 말을 들었을 때 역시라고 생각했어. 여자가 남자한테 원하는 것의 본질은 그런 거라고 생각하니까."

그렇게 말하고는 불쑥 유리창 밖으로 시선을 보낸다.

차들이 오가는 정문과 맞닿아 있어 경관이 그다지 좋지는 않았기 때문인지 유리창은 세로 줄이 들어간 불투명 유리처럼 가공돼 있어서 딱히 이렇다 할 풍경은 보이지 않았다.

"……나는 소질이 없거든. 편집자로서도, 남자 친구로서도."

"……."

부정도 긍정도 무책임하고 실례가 되는 것 같아 입을 다물자 후지나미 씨가 내 쪽을 보며 미소 지었다.

"그래서 앞으로는 실제 편집 업무를 하기보다는 뛰어난 편집자를 길러서 작가와 이인삼각으로 양질의 작품들을 계속 만들어 나갈 수 있는…… 새로운 시대에 '과거의 향수'를 지향하는 편집부라고 해야 할까, 그런 현장을 만드는 데 전념하고 싶어."

"……그래도 후지나미 씨는 실제로 뛰어난 편집자셨잖아요. 아직 젊은데도 히트작을 몇 개나 내셨고요."

위로할 생각으로 말하자 후지나미 씨가 다시 웃었다.

"히트작도 냈지만 연중작은 그보다 몇 배나 냈어. 나는 숫자로 밀어붙인 거야. 처리 능력도 있는 편이라고 생각하지만, 그건 단순히 일에 할애한 시간이 다른 사람보다 절대적으로 많았기 때문이지. 크라매거 편집장한테도 '1인 블랙 기업'이라고 놀림을 받았다고. 그래서 이미 체계가 잡혀 있는 오래된 곳에서 안락하게 정직원으로 일하는 게 어딘가 아쉽게 느껴진 거고."

후지나미 씨는 그렇게 말하며 자조하듯이 웃었다.

"그리고 말이지, 연중작을 마구 내면서도 꾸준히 기획을 제안할 수 있는 멘탈을 유지했던 건 작가 한 사람 한 사람에게 그렇게까지 정성을 기울이지 않았기 때문인 것도 있어. 정성을 기울이면, 역시 팔리지 않았을 때 우울해지니까. 내가 낸 아이디어로 작품을 그렸는데 팔리지 않았을 때는 책임감도 느껴지고."

"그렇군요."

맞장구를 친 나를 보며 후지나미 씨가 재차 미소 지었다.

"하지만 너는 그런 타입일지도 모르지. 그래도 나는 솔직히 카시마 너 같은 사람이 훌륭한 편집자가 돼 줬으면 좋겠어."

무슨 뜻인가 싶어 쳐다보자 후지나미 씨가 다시 얘기를 시작했다.

"작가가 그리고 싶은 걸 살리든 본인의 아이디어를 형태로 만들게 하든 팔릴 때는 팔리고 안 팔릴 때는 안 팔려. 거기에 별로 의미는 없으니까, 지나친 책임감을 느끼지는 마."

나는 잠자코 고개를 끄덕이며 후지나미 씨의 열띤 얘기를 들었다.

"팔리지 않았을 때는 같이 우울해하고, 그래도 또 손을 맞잡고 일어서서 다음 작품으로 향하면 돼."

"……네."

"팔리지 않더라도 만화나 소설을 남에게 읽힐 수 있는 형태로 만들어낸다는 건 그것만으로도 재능이거든. 한두 번의 실패에 좌절하지 않고…… 욕심을 말하자면, 그 사람이 대중에게 작품을 계속 선보이고 싶다고 생각하는 한은 끝까지 옆에 있어 줬으면 해."

편집자로서 일하는 미래의 자신의 모습을 상상하며, 내 얼굴도 진지해졌던 것 같다.

그러자 후지나미 씨가 불쑥 표정을 풀었다.

"난 어렸을 때부터 계속 책을 좋아했어. 직접 쓰고 싶다고 생각한 적도 있었지. 하지만 아이디어는 솟아나도 형태로는 만들 수 없었어. 그래서 창작자들은 정말로 존경하고 있어."

쿠지바야시의 '해리 포동통' 사건 때 소년처럼 해리 포터에 관해 얘기하던 후지나미 씨의 얼굴이 떠올랐다.

"사람을 소중히 하고 싶어. 작품 속에서든 작품을 제작하는 과정에서든. 카모노하시 선생님의 만화에서는 악역도 인정이 넘치잖아? 그래서 좋아해, 그 사람의 만화. 본인이 직접 온갖 곳에서 떠벌리고 다녔으니 이미 알고 있을지도 모르겠지만, 젊었을 적엔 여러 다리도 걸치고 사생활도 난잡했는데 그런 만화를 그릴 만한 사람이라서 아무에게도 원망을 사지 않은 거야."

그렇게 말하며 카모노하시 선생님이 떠올랐는지 웃음을 짓고는 화제를 되돌리듯 얼굴을 굳혔다.

"요즘은 웹에서 연재하는 작가에게 말을 걸어서 조회수가 많은 작품만 출판하고 그게 끝나면 '또 웹에서 연재 힘내세요!' 하고 방류해 버리는데, 계속 그런 식으로 가다간 작가와 편집부의 신뢰 관계는 평생 자라나지 않아. 나는 제대로 태그를 짜서 히트작을 낼 때까지 트라이&에러를 반복했으면 좋겠어."

나는 고개를 끄덕이며 가만히 귀를 기울였다.

"내 밑에서는 그런 인간미 있는 편집자를 육성하고 싶다는 바람이 있어. 카시마라면 내가 이상적으로 생각하는 편집자가 되어 줄 것 같은 기분이 들어. 그래서 제발 우리 회사로 와달라고 계속 설득하고 있는 거지."

"……감사합니다……."

간지러우면서도 민망한 기분에 멋쩍은 미소를 지었다. 거기서 불쑥 소박한 의문 파트 2가 솟아났다.

"……쿠로세한테는 제안하지 않으세요? 저보다는 쿠로세가 훨씬, 처음부터 편집자를 지망하는 열량이 컸던 것 같은데요……."

그러자 후지나미 씨는 애매한 미소를 지었다.

"그게…… 여자애한테는 조금 그렇지?"

"……?"

"애초에 갓 졸업한 여자애한테 갑자기 '동남아시아에 오지 않을래?'라고 말해 봤자, 와 주지 않을 거잖아."

"그런가요?"

"게다가 그렇게 예쁘고 우수하니까 손짓하는 일본 대기업들도 많을 테고."

"그래도 쿠로세 씨는 편집자가 되고 싶다던데요."

"노력하면 일본에서도 될 수 있지 않을까? 뭐, 편집자가 못 되더라도 행복하게 살 길은 있으니까."

그건 외부인이 정할 게 아니라 쿠로세 본인이 정할 일 같지만.

그렇게 생각하는데 후지나미 씨가 불현듯 쓴웃음이 섞인 미소를 지었다.

"현실적인 문제로, 여자애한테 이런 제안을 하기는 힘들어. 지금 카시마한테 하는 것처럼 내 쪽에서 줄기차게 개인적으로 접근했다면 뭔가 다른 의도가 있는 것처럼 보이지 않겠어? 오해를 사면 귀찮으니까."

"확실히……."

그쪽이 본심인 것 같다고 생각했다. 후지나미 씨는 전에 나의 잔꾀 때문에 쿠로세를 식사에 초대해 버린 적이 있어서 그 때문에 더 불편한 걸지도 모르겠다.

"그리고 회사를 세울 거란 얘기는 쿠로세도 그렇지만 이이다바시 서점 사람들한테도 별로 말 안 했어. 우리 회사 사장님은 창업가의 직계가 아니라 살짝 집안싸움처럼 보일 수도 있으니까. 내가 옛 둥지에서 알바생인 너를 빼가는 것도 어쩌면 좋은 눈으로 안 보일지 모른다고."

"……알겠어요."

쿠로세에게 말하기 전에 알게 돼서 다행이라고 생각했다. 진로에 대해서 제삼자를 통해 루나가 알게 하는 건 연인으로서 성실하지 못한 행동이라는 생각에, 부모님을 제외하면 아무에게도 밝히지 않았던 거지만 말이다.

◇

라운지에서 일을 하나 더 처리한 뒤 돌아갈 거라는 후지나미 씨를 두고 호텔을 나와 스마트폰을 확인하자 동아리 단체 채팅방에서 동기에게 메시지가 와 있었다.

제1지망에 내정됐으니까 연휴 끝나면 복귀하겠습니다!

치밀어 오르는 기쁨을 숨기지 못하는 보고에 축하하는 이모티콘과 반짝거리는 리액션들이 달려 있다.

나도 리액션을 누르며 문득 하늘을 올려다보았다.

다들 어떤 기분으로 이 메시지에 이모티콘과 리액션을 누른 걸까.

고생 많았어! 축하해!

혼자만 메시지로 답장한 4학년은 대학원 진학을 희망하는 학생이었다.

"……."

머리 위에는 가슴이 뻥 뚫릴 것처럼 새파란 초여름의 하늘이 펼쳐져 있다.

그 너머로 해바라기 같은 루나의 미소를 떠올리며 나는 고개를 숙였다.

후지나미 씨에게 들었던 얘기로 마음속은 뜨겁게 타오르고 있었다.

—카시마라면 내가 이상적으로 생각하는 편집자가 되어 줄 것 같은 기분이 들어.

후지나미 씨처럼 유능한 성인 남성이, 사회인으로서 나에게 기대를 걸고 있다.

하지만 그 기대에 부응하려면 이국의 땅으로 가야 한다.

"……."

그때 또 스마트폰에 알림이 왔다.

오늘은 일찍 퇴근할 수 있을 것 같으니까 내가 밥을 차릴게♡

야키니쿠 괜찮지?

루나에게서 온 메시지를 읽자 저도 모르게 입꼬리가 올라갔다.

"……."

일단 오늘 말하는 건 관두자.

오늘 밤은 루나와 야키니쿠를 즐기는 거다.

나는 그렇게 생각하며 스마트폰을 바지 주머니에 넣고 가벼운 발걸음으로 역을 향해 길을 걸었다.

제2.5장 아카리와 마리메로의 오프라인 토크

어느 주택가에 있는 패밀리 레스토랑에서 두 소녀가 마주 보며 차를 마시고 있었다.

“그나저나 아카리, 배가 엄청나네.”

검은 머리의 소녀가 그렇게 말했다.

아카리라고 불린 맞은편의 소녀는 확실히 출산이 임박했다는 게 느껴질 만큼 큰 배를 갖고 있었다.

“그치, 정말로. 나도 엄청나다고 생각해! 이젠 배에 가려서 내 발도 안 보여, 웃긴다니까.”

“밖을 나와 다녀도 괜찮은 거야? 이젠 언제 낳아도 이상하지 않지?”

“웅. 그래도 여기는 집 근처니까, 지금 갑자기 양수가 터져도 괜찮아! 마리메로한테는 일부러 오게 해서 미안하지만.”

“그건 상관없어. 그렇게 멀지도 않고.”

마리메로라고 불린 소녀가 대답하자 아카리는 눈을 반짝였다.

“진짜? 그럼 아이를 낳고 나서 또 만나러 와 줘. 멀리 나가는 건 한동안 어려울 것 같아서, 친구랑 만나는 것도 힘들 거라고 생각했거든.”

"갈게, 갈게! 그럼 다음번에 만날 때는 출산을 축하하는 자리가 되겠네."

"아싸! 보통 분만이라 정말 무섭지만, 힘낼게."

아카리가 쓴웃음을 지으며 말한다.

"기대된다! 여자애라고 했지?"

"응. 마지막 검진에서도 그렇게 말했어. 계속 집에만 있어서 심심하니까 귀여운 해어 밴드도 잔뜩 만들어 버렸어!"

"와아, 보고 싶어! 아카리는 정말 센스가 좋으니까, 분명 아기도 귀엽게 코디하겠지."

마리메로의 그 말에 아카리는 기쁜 듯이 웃었다.

"그럴 생각이야! 돈은 없지만 직접 옷을 만들 수 있어서 다행이야~! 베이비일 때는 천도 얼마 안 드니까 귀여운 드레스를 잔뜩 만들어서 마구 입히려고!"

"패션 센스가 좋은 여자애가 될 것 같아."

"영재 교육을 해야지! 같은 디자인으로 옷을 만들어서 모녀가 세트로 코디도 하고~!"

"재밌겠다! 사진 보여 줘."

"응! 인스타 같은 데에 올려서 화제를 끌어모을 예정!"

"아카리라면 마마 인플루언서도 될 수 있을 것 같아."

"되고 싶어~! 그래서 광고만으로 생계를 유지할 수 있을 만큼 수입을 얻고 싶어!"

"될 수 있을 거야. 아카리라면, 정말로."

마리메로의 미소를 응시하던 아카리가 불현듯 아까까지의 흥분에서 깨어난 듯 시선을 떨궜다.

"아~ 정말로…… 그렇게 될 수 있으면 좋겠는데 말이야. ……좋아하는 일을 하면서 살아갈 수 있다는 건 이상이야."

"……그렇지."

마리메로도 살짝 표정을 흐리며 고개를 떨궜다.

그런 마리메로를 보며 아카리가 생각이 난 듯이 입을 열었다.

"그러고 보니 마리메로, 취업 준비는 어때?"

마리메로는 아카리를 보며 아주 살짝 미소 지었다.

"음…… 하고는 있는데, 출판사는 역시 경쟁률이 높은 것 같아……."

"그래? 마리메로면 얼굴로 채용되지 않나?"

"출판사는 다르다고."

마리메로는 그렇게 말하며 웃었다.

"취업 활동 세미나에서 특정 업계로 취업처를 지나치게 제한하면 난항을 겪는 경우도 있다고 하길래 일단 다른 회사에도 지원했지만……."

"출판사로 정해지면 좋겠네."

"응……."

잠깐의 침묵 뒤에 아카리가 다시 퍼뜩 생각이 났다는 표정으로 말았다.

"그런데 말이야, 그 호오 보이랑은 어떻게 됐어? 카시마의 친구라는 애."

"아…… 여전히 라인은 가끔 하고 있어."

"헐, 대박! 계속하고 있었구나. 데이트는?"

"안 했어……. 그쪽에서 나랑 만나고 싶으면 그런 얘기를 꺼낼 기회는 얼마든지 있었는데. 어쩌면 나랑 연애적인 관계는 되고 싶지 않은 걸지도 모르지."

"엥~, 설마 그렇겠어? 그 사람, 이성 친구랑 평범하게 막 놀러 다닐 타입은 아니잖아?"

"그럴 것 같긴 하지만."

"유스케가 그러던데 아싸 동정은 주위 여자를 기본적으로 '이성'으로 잔뜩 의식하고 있어서, 여자애랑 우정이 성립될 일은 없다던걸?"

"……그래도 그건 이지치의 생각이잖아?"

"우와 나왔다, 논파 구문!"

아카리가 폭소했다.

"정말~, 그만해, 마리메로. 너무 훅 치고 들어와서 배가 아파."

한참을 웃던 아카리가 갑자기 '어라?' 하고 심각한 얼굴을 했다.

"……잠깐만 기다려. 배가 아픈 게, 너무 웃어서가 아닐지도……."

"뭐? 괜찮아?"

"위험해, 배가 조이면서 아파. 이게 설마 진통?!"

"헐, 거짓말이지?! 큰일이잖아!"

마리메로도 당황한 얼굴을 했다. 아카리가 자신의 스마트폰을 손에 들고 조작한다.

“큰일이야, 병원에 연락해야겠어! 유스케한테 연락하는 게 먼저려나?!”

“일단은 병원 아닐까?”

“그렇겠지. ……우와, 어떡하지. 왠지 엄청 아파지기 시작했어……!”

“괜찮아, 아카리?! 진정해! 내가 얘기할 테니까 폰 이리 줘!”

마리메로가 호출 화면으로 전환된 스마트폰을 받아 들고 자신의 귀에 댔다.

“여보세요? 그쪽 병원에서 출산할 예정인 타니키타…… 가 아니라 이지치 아카리의 지인인데요…….”

“아야야야야, 아파! 살려줘~!”

아카리의 목소리를 우연히 들은 주변 테이블의 사람들도 술렁거리기 시작한다.

즐거운 여자 모임이 순식간에 긴장감이 넘쳐흐르는 현장으로 돌변했던 것이었다.

제 3 장

5월 연휴가 끝나고 교육실습이 시작됐다.

대학에 갓 입학했을 무렵 주위에 교직 과정을 이수하는 학생들이 많았고, 고등학교 때 쿠로세에게 '선생님이 적성에 맞을 것 같다'는 말을 들은 적이 있어서 장래의 선택지를 늘릴 목적으로 별생각 없이 이수한 교직 과정이었다.

그 뒤 진급을 할 때마다 학점을 따는 게 힘들다는 이유 등으로 이탈하는 학생들이 늘었지만, 나는 날 때부터 성실한 성격 덕에 출석해야 하는 수업에 출석하고 제출해야 하는 과제를 제출한 결과 그렇게 힘들다는 느낌을 받지 못한 채 학점을 따려 하고 있었다.

이렇게까지 학점을 모으자 교원 자격증을 취득하지 않는 것도 아깝다는 생각이 들어 그에 필요한 교육실습에도 참가하게 됐다는 얘기다. 4학년 5월이 되도록 제대로 취업 준비를 하고 있지 않다는 사실에 부담감을 느끼기도 했고, 후지나미 씨의 회사에 가지 못하게 되었을 때를 대비해서라도 미래에 보험이 필요하다는 생각이 들기도 했다.

내가 간 곳은 모교인 세이린 고등학교다. 실습할 곳은 중학교로도 선택할 수 있었지만, 중학생보다는 성인에 가까운 고등학생이 공부 외 지도에 힘이 덜 들 것 같다는 이유로 신청했다.

어쩌면 나와 루나가 만나고 지냈던 공간에 한 번 더 발을 들이고 싶다는 희망도 무의식중에 있었을지 모르겠다.

"헐, 정장 멋있다!"

첫날 아침, 침실에 있는 전신거울로 내 모습을 확인하는데 루나가 다가오더니 탄성을 내질렀다.

"류토의 정장 차림, 처음 봤을지도!"

"대학 입학식 때 사진을 보내지 않았어?"

"직접 보는 건 처음이란 말이야!"

그렇게 말하며 찬찬히 내 모습을 바라보더니 갑자기 품에 안겨 왔다.

"정장을 입으니까, 성인 남자라는 느낌이 들어서 어쩐지 두근거려……."

그렇게 말하고는 꾹 힘을 실어 끌어안는다. 아직 옷을 갈아입지 않은 루나의 폭신폭신한 실내복 너머로 부드러운 그 몸의 감촉이 느껴졌다.

"……루, 루나 잠깐만."

나는 황급히 그녀에게서 떨어졌다.

"지금 나갈 거니까……."

여기서 더 들러붙어 있다간 젊은 신체가 그럴 마음을 먹고 말 것이다.

평소에는 루나가 일찍 집을 나설 때가 많지만, 오늘부터 3주 동안은 내가 더 빨리 나서게 된다. 그렇게 보면 학교 선생님은 사회인 중에서도 특히 아침이 빨라서 힘들지도 모르겠다는, 학생이었던 무렵에는 상상해 본 적도 없었던 생각을 했다.

"으음, 알았어."

루나는 조금 아쉬운 듯이 웃으며 반걸음 뒤로 물러났다.

"……아! 넥타이가 비뚤어졌으니까 고쳐 줄게."

그렇게 말하며 내 가슴으로 손을 뻗어 넥타이를 꾹꾹 누르며 매만져 주었다.

그리고는 지근거리에서 나를 올려다보며 미소 지었다.

"류토가 취직하면 매일 아침 이렇게 넥타이를 매주고 싶어♡"

"……."

"……왜 그래? 싫어?"

내가 아무 말도 하지 않자 루나가 불안한 기색으로 질문했다.

"엇, 앗, 아니…… 조금 기뻐져서."

황급히 대답하자 루나가 뿌듯한 듯이 웃었다.

"후후, 류토는 정말 수줍음이 많네."

"……."

확실히 방금 한 말도 거짓은 아니지만.

취직해서 4월부터 인도네시아에 가게 되면, 결혼해서 나를 따라와 줄래?

머릿속에 떠오른 말을 목구멍으로 슬그머니 삼켰다.

집을 나설 예정 시간까지 이제 10분이 조금 안 되게 남았다. 교육 실습 첫날에 지각할 수는 없으니 지금은 그런 중요한 얘기를 할 시점이 아니다.

◇

세이린 고등학교는 내가 다니던 무렵 그대로 O역에서 도보로 10분 정도 걸리는 곳에 있었다. 통학로의 풍경도 거의 비슷했지만 어느새 모르는 가게가 생겨 있거나 건물이 있었던 곳이 주차장으로 변해 있어서 졸업하고 그 나름의 시간이 흘렀다는 것을 실감할 수 있었다.

"카시마? 오랜만이다!"

사무 창구에서 안내받은 교실로 향하자 복도 맞은편에서 손을 흔드는 여성이 보였다.

그 사람은 2학년 때 담임이었던 마츠모토 선생님이었다.

"오랜만에 뵙겠습니다."

멈춰 선 마츠모토 선생님 쪽으로 걸어가 고개를 숙여 인사했다.

"벌써 4학년이구나. 호오대였지?"

"네. 용케 기억하고 계시네요."

"기억하지. 너희 반에서 사건 사고가 좀 많았니. 나도 그때는 아직 2년 차인가 3년 차였으니까, 당황스러울 때가 많았어."

마츠모토 선생님이 손자를 보는 듯한 얼굴로 미소 짓는다. 이렇게 말을 잘하는 선생님이었던가 싶어 신기한 기분이 들었다.

당시에 2, 3년 차였다면 지금은 벌써 30대인가. 선생님다운 간편한 복장도 그렇고 검은 단발머리도, 선생님의 겉모습은 내가 배웠을 때와 비교해도 크게 달라지지 않았다.

"……그렇게 사건 사고가 많았나요?"

루나와의 교제 시작이라는 인생 최대의 이벤트 탓에 내 고2의 기억에는 일상적인 학교생활의 기억이 별로 없었다.

"카시마는 고등학교 선생님이 될 거지?"

"엇, 아, 네. 될 수 있으면……."

그렇게 대답해 두지 않으면 이제부터 신세를 질 처지에 불성실해 보일 것 같아 고개를 끄덕였다.

"될 수 있을 거야, 카시마라면. 예전부터 잘했으니까."

칭찬하는 말에 어떻게 반응해야 좋을지 알 수 없어 고개를 꾸벅거리는 수밖에 없었다.

"나는 담당이 아니지만 모르는 게 있으면 뭐든 물어봐. 실습 힘내고."

"감사합니다."

고개를 숙이며 그 자리를 뒤로했다.

운동회와 문화제, 수학여행 등 루나와 함께했던 고2의 찬란한 청춘의 이벤트를 아련히 떠올리며, 마츠모토 선생님이 담임이라서 다행이었다고 생각했다.

교육 실습생용 대기실로 가자 내가 첫 번째로 온 사람이었다.

올해 실습생은 나 외에도 두 사람이 더 있다고 한다. 둘 다 나랑 같은 학교 졸업생이고, 나도 포함해 전원이 남자라고 하니 학생들은 실망하겠지.

그런 생각을 하고 있을 때였다.

교실 문이 드륵 소리를 내며 열리더니, 정장 차림의 실습생이 들어왔다.

"안녕!"

활기찬 모습으로 들어온 청년을 보며 나는 잠시 고민했다.

누구더라……. 그래도 엄청 낯이 익은데…….

"헐, 잠깐 잠깐, 설마 나를 잊어버린 거야?"

"……."

잊지는 않았지만 이름이 기억나지 않는다.

"진짜로~?! 좀 차가운 거 아냐, 카시마 류토~?! 같은 반이었던 적도 있었잖아!"

그는 그렇게 말하더니, 별안간 자신의 넥타이를 힘껏 잡아당겨 단정치 못하게 늘리고는 와이셔츠 자락을 바지에서 빼냈다.

그 흐트러진 복장을 보자 퍼뜩 생각이 났다.

"축구부의……."

분명 머리카락도 이런 흑발이 아니라 좀 더 밝은색이었을 터다.

"맞아! 오오스카 슈야, 기억나?"

그 말로 완전히 기억이 났다. 루나 무리에게 '슈야'라고 불렸던 축구부 남자애다. 루나가 솔로인 줄 알고 고백한 현장을 훔쳐본 적도 있었다.

"슈야를 보고도 그럴 정도면 나는 완전히 잊어버렸겠네."

오오스카의 뒤쪽에서 또 다른 실습생으로 보이는 남자가 나타난다.

"나도 2학년 때 같은 반이었어. 스기우라 토우토, 기억나?"

"……어…… 무, 물론이지."

자력으로 이름을 떠올리는 건 영원히 불가능했겠지만 낯은 익었다.

분명 연극부 부장으로 문화제 공연에서 주역을 맡기도 하며 예술 쪽으로 아이들의 주목을 받던 학생이었지만, 체육계인 오오스카와도 의외로 잘 어울려 다녔다는 인상이 남아 있다.

하필이면 인싸 두 명과 실습인가……. 마음이 무거워진다.

"카시마는 무슨 교과목이야?"

"그게, 사회……."

"그렇구나. 나는 체육."

오오스카가 그렇게 말하며 내 맞은편에 앉았다.

실습생 대기실은 일반적인 교실의 반 정도 되는 넓이의 회의실에 마련돼 있어서 교실 안에는 책상 네 개가 초등학교 급식 시간 때처럼 마주 보게 붙여져 있었다.

"나는 음악. 대학에서 성악을 전공하고 있어서…… 그런데 카시마는 대학이 어디야?"

스기우라도 그렇게 말하며 오오스카의 옆에 앉는다.

"엥, 너 몰랐어? 카시마는 호오대거든? 초 엘리트라고?"

"헐, 진짜?!"

"졸업식 때 다들 웅성거렸잖아. 여자애들이 '꺅~! 루나가 보는 눈이 있네~!'라고 말하면서 말이야. 진짜로 부러워서 토할 뻔했다니까."

"……."

오오스카의 얘기가 진실인지 거짓인지는 모르겠지만 나는 전혀 기억나지 않았다. 내가 여자애들한테 환성을 받는 세계선이 만약 존재했던 거라면 이 눈으로 꼭 확인해 보고 싶었다.

"……두, 둘 다 교원 채용 시험을 칠 거야?"

치켜세워 줬는데 입을 다물고 있는 것도 나쁜 인상을 줄 것 같아서, 먼저 화제를 꺼냈다.

"쳐야지. 그래서 온 거잖아."

"예대를 나왔다고 전부 아티스트로 먹고 살 수 있는 건 아니니까. 그래도 역시 좋아하는 일을 직업으로 삼고 싶다고 생각하니까 교사가 안정적이겠더라고."

"나도. 축구로 프로가 될 수 있으면 좋았겠지만, 현실적으로는 체육 교사겠다 싶었어. 동아리 고문이 될 수 있으면 정년까지 축구랑 관련된 일을 할 수 있으니까."

"……그, 그렇구나."

두 사람의 의외로 착실한 어른이 되어 있어서 놀랐다.

무엇보다 이렇게 담담하게 대화를 나누고 있다는 사실에도 가슴이 두근거렸다. 고등학교 때는 눈이 마주치는 것도 무서웠던 인싸들이었는데.

사실은 어쩌면 스쿨 카스트라는 건 존재하지 않아서, 그때도 내가 그들과 대화할 마음만 먹었다면 이렇게 소통할 수 있지 않았을까?

"카시마 너야말로 학교 선생님이 돼도 괜찮은 거야? 좀 더, 어쩌구 물산이나 어쩌구 만삭스 같은 데도 갈 수 있는 거 아냐?"

"그게 뭐야?"

"뭔가 대단한 회사. 나도 모르지만."

"아니, 못 갈걸……. 난 문학부니까. 죽어라 노력하지 않으면."

오오스카가 말하는 회사가 뭔지는 대충 감이 잡혔기에, 난처하게 웃으며 대답했다.

"문학부인데 사회과는 그럼 뭐야? 국어여야 하는 거 아냐?"

스기우라가 그렇게 묻는다.

"응. 문학부에도 전공이 다양하거든. 국문학은 국어고 영문학은 영어 선생님이지만, 그 외의 전공으로 교원 자격증을 딸 거면 대부분 사회를 택하니까."

"흐응."

"그렇구나~."

두 사람은 별로 관심이 없는 기색으로 대꾸했다.

"그런데, 루나랑 여전히 사귀고 있다는 게 사실이야?"

"아, 나도 그 얘기 들었어!"

오오스카의 발언에 스기우라도 활기를 띠기 시작했다.

"심지어 동거까지 시작했다며?"

"우오, 그게 정말이야?!"

"혹시 결혼할 거야?!"

두 사람이 별안간 흥분한 기색으로 나를 보았다. 나는 두 사람이 보유하고 있는 고교 동창 네트워크의 광활함에 경악했다. 과연 인싸다.

"……결혼 말이지, 하고는 싶은데……."

나는 쓴웃음으로 말을 흐릴 수밖에 없었다. 루나에게 인도네시아로 간다는 걸 얘기해야 한다는 사실을 상기했기 때문이다.

"할 수 있을걸. 동거하고 있으니까, 루나도 그럴 마음인 거 아냐~?"

"따로 노리는 여자라도 있어?"

"아, 아니, 그건 아니지만……."

두 사람이 눈총을 줘서 황급히 부정했지만 확실한 얘기를 할 수 없다 보니 분위기가 애매해졌다. 하지만 두 사람의 네트워크를 생각하면 루나에게보다 먼저 털어놓을 수는 없었다.

"결혼식을 할 거면 불러~."

"루나의 신부 모습을 보고 싶으니까~. 가슴골을 엄청 드러내 줄 것 같은데. 아~, 루나, 엄청 취향이었는데~."

오오스카가 홀로 몸부림쳤다. 그의 발언에 '뭐라고?!'라는 생각을 하면서도 그 모습에 살짝 우월감을 품고 말았다는 건, 잔뜩 주눅 든

청춘 시절을 보냈던 고등학교 때의 나를 봐서 양해해 줬으면 한다.

◇

교육실습 첫날은 그저 긴장하다 끝났다. 나를 담당해 준 사회과 선생님이 담임을 맡고 있는 2학년 반으로 가서 인사한 뒤에는 교실 뒤에 앉아서 하루 종일 수업을 견학했다.

내일 이후도 그런 식으로 수업을 견학하는 틈틈이, 2주 차부터 시작되는 모의수업을 위해 교재를 연구하고 지도안을 작성하게 된다. 학원 강사 알바를 통해 가르치는 것 자체는 경험해 봤지만, 30명이 넘는 학생들 앞에서 몇 교시나 수업을 진행하려면 단단히 준비를 해둬야 해서 의외로 하드한 스케줄이라 할 수 있었다.

"실제로 수업까지 하다니 힘들겠다! 나는 상상도 안 돼! 류토, 굉장해~!"

밤, 거실 구석에 있는 책상에서 노트북을 펼쳐 작업을 하고 있는데 루나가 그렇게 말을 걸어 왔다.

"고생이 많네♡ 커피 마실래?"

뒤돌아보자 루나가 커피가 담긴 머그 컵을 내밀고 있었다. 컵 받침 위에 올려서 있어서 옆에는 비스킷도 곁들여져 있다.

루나의 다정함에 가슴이 뭉클해졌다.

동시에 그녀에게 아직 하지 않은 말이 머릿속을 스쳤다.

"……."

안 돼, 지금은 수업 준비를 해야 한다.

루나를 소중히 하고 싶다.

그러기 위해서라도 두 사람의 미래와 관련된 일은 두 사람에게 적절한 시점에 의논하고 싶었다.

"……고마워."

그렇게 말하며 커피를 받아 들고 감사히 마셨다.

"루나, 먼저 자도 돼. 내일도 학교잖아?"

내가 말하자 루나는 살짝 서운한 표정을 짓긴 했지만.

"응…… 알았어. 잘 자, 류토."

그렇게 말하며 침실로 갔다.

"잘 자, 루나."

일단락할 수 있는 곳까지 작업한 뒤 내일의 준비를 마치고 침실로 향한다.

루나는 평온한 얼굴로 고른 숨결을 내쉬고 있었다.

"……."

그 얼굴을 보며 오늘도 말하지 못했던 인도네시아행에 대해 다시금 생각했다.

루나라면 따라와 주지 않을까 기대하는 마음은 있다. 하지만 내 쪽에서 먼저 요청할 수는 없다.

그도 그럴 것이, 그 말은 곧 루나의 보육교사로서의 커리어 형성이 늦어지게 된다는 것을 의미하기 때문이다.

루나의 새로운 꿈을 응원하고 싶은 마음은 사실인데도 그런 나 자신이 그녀의 발목을 잡게 되는 것이다.

그런 갈등이 내 입을 무겁게 만들었다.

그렇다고 해서 보고를 계속 미룬다고 한들 뭔가가 멋대로 상황을 해결해 줄 리는 없지만…….

"……."

내일은 꼭 제대로 말하자.

나는 그렇게 생각하며, 가급적 침대를 흔들지 않도록 조심해서 비어 있는 공간으로 들어가 루나 옆에서 잠을 청했다.

◇

하지만 다음 날도 그다음 날도 실습 중에는 매일 해야 할 일이 많아서 집으로 돌아와 느긋하게 루나와 얘기를 나눌 시간이 없었다.

"……그러고 보니 실습은 누구랑 같이 받고 있어~?"

아침을 먹으려 식탁에 둘러앉았다가 그런 질문을 받으며 퍼뜩 정신이 들었다. 그런 기본적인 일을 며칠이 지나도록 얘기하지 않을 만큼 모의수업으로 머릿속이 가득 차 있었던 스스로를 깨달은 것이다.

아마 루나도 나를 배려하느라 별로 말을 걸지 않았겠지.

"아…… 오오스카랑 스기우라. 기억나?"

"헐, 슈야랑 토우토?! 거짓말~! 선생님이 되다니 뜻밖이야!"

루나는 크게 리액션을 하며 말했다. 동급생인 남자애를 아무렇지 않게 이름으로 불렀던 그녀의 인싸력은 충분히 알고 있기에, 새삼스레 딱히 질투심이 일거나 하지는 않는다…… 고 생각하면서도 조금 발끈하게 되는 건 오오스카의 고백 현장을 떠올리고 말았기 때문일까. 아니면 모의수업 일로 여유가 사라졌기 때문일까.

아니면…….

"……."

내 반응이 신통치 않아서였는지 루나는 그 이상 두 사람 얘기를 꺼내지 않았다.

"……그런데 류토는 선생님이 될 거야?"

그 질문에 시선을 들자 루나가 걱정스러운 미소를 띤 채 나를 보고 있었다.

"최근에 마리아한테서 취업 준비 얘기를 꽤 듣고 있거든. 하지만 류토는 취업 준비가 아직인 것 같잖아? 그래서 선생님이, 되려는 걸까 싶어서……. 그게, 마리아도 중간까지는 교직 과정이라는 걸? 듣고 있었지만, 실습이 취업 준비랑 겹, 쳐서, 그만뒀다고, 들었거든."

조금 템포가 이상한 건 내 눈치를 살피며 말하고 있기 때문이리라. 루나는 정탐하듯이 그렇게 말했다.

"……."

딱히 불쾌해서 입을 다물고 있는 건 아니다. 후지나미 씨의 제안을 받아들여 인도네시아로 가고 싶다는 얘기를 루나에게 말할 타이밍을 찾고 있었을 뿐인 것이다.

"……나, 교사는 적성에 맞지 않는다고 생각해."

그 결과 내가 선택한 말은 그런 심경의 토로였다.

학원 강사 알바를 하면서 한 차례 다다랐던 결론이지만 나는 현재 다시금 그 사실을 실감하고 있었다.

"교사는…… 특히 많은 학생들 앞에서 가르치는 학교 선생님은 역시 사람들에게 보여지는 일이니까…… 타인의 시선이 압박으로 느껴지는 나 같은 사람한테는 맞지 않는다고 생각해."

"하지만 그건 익숙해지면 조금은 나아지지 않을까? ……지금은 익숙하지 않으니까 매일 힘들 수도 있겠지만……."

"……."

루나의 말대로다.

그래도.

"……루나는 기억하고 있는지 모르겠지만, 예전에 루나가 타니키타한테 '모델이 되면 좋을 텐데'라는 권유를 받았을 때, 루나가 이런 말을 했거든……."

—조금 귀엽고 스타일이 좋아도 모델 일을 하는 곳은 그런 사람들만 모인 데잖아? 아무 생각 없이 자신을 잘 보이려는 노력도 하지 않고 태평하게 살아온 사람이 갑자기 순조롭게 성공할 수 있을 거라곤, 아무리 나라도 생각되지 않아.

—그럼, 만약에 모델이 될 수 있다면, 거기서부터 노력하면 되지 않을까? 성공할 수 있는 방법을 찾으면서 노력하면…….

—그건, 그렇겠지……. 성공한 사람들도 다들 그러고 있을 테니

까. …문제는 말이지, 나한테 '열심히 하자'는 의욕이 없다는 거라고 생각해. 적어도 모델이나 예능계 쪽으로는…….

"'열심히 하자'는 의욕이 없다는 게 문제라고……. 나도 같아."

많은 학생의 시선에 항상 노출된다는 것이나, 인원수가 많은 탓에 학생 개개인에게 신경을 써 주고 싶어도 불가능하다는 것에서 오는 정신적인 부하가 커서 보람을 느끼기 전에 노력을 할 수 없게 돼 버렸다. 실습 단계에서부터 그런 느낌을 받고 있다.

"……선생님으로 노력해 보는 건 힘들 것 같아?"

루나의 물음에 나는 고개를 끄덕였다.

"응……. 그래도 누군가에게 힘이 된다든가, 조언한다든가, 지탱해 주는 것처럼…… 타인의 옆에 있어 주는 일은, 하고 싶고, 적성에도 맞는다고 생각해."

"그, 그렇구나. 그런 일이…… 뭐가 있지, 변호사? 아니면 전에 말했던 편집자려나?"

"……."

그렇다고 말할 수 없는 건 같은 편집자를 지망 중인 쿠로세가 맹렬하게 취업 준비를 하고 있는데 내가 지금 태평하게 교육실습을 하고 있을 수 있는 이유를 말하지 않으면 안 되게 되기 때문이다.

루나의 인생마저도 좌우할 그런 중요한 보고를 이런 잡담에 섞어 말해도 될 리가 없다.

"……어, 어렵네."

내가 입을 다물자 루나는 애써 웃는 얼굴을 만들며 그렇게 말했다.

"그래도 괜찮아! 류토가 납득할 수 있는 일을 찾을 때까지, 내가 열심히 두 사람 몫까지 일할 테니까!"

"……."

기어이 무직인 남자 친구를 부양할 각오가 루나 안에서 현실성을 띠기 시작한 듯해, 괜히 미안한 기분을 느끼며 나는 루나에게 웃어 보였다.

"괜찮아. 받아 줄 곳은 대충 있으니까."

"……그래?"

"응."

얼른 말해서 안심시켜 주고 싶지만, 다른 문제도 생길 거라 좀처럼 입을 떼지 못하고 있다.

루나의 전문학교 졸업은 내년 7월.

내 인도네시아행은 4월부터.

결혼하고, 해외로 나갈 시기는? 기껏 자격증을 따서 염원하던 보육교사로서 막 일할 수 있게 될 시점인데.

어쩌면 신혼의 단꿈이 가시기도 전에 단신 부임을 하게 돼 버릴지도 모른다. 아니면 결혼조차 미뤄지려나? 그대로 뿔뿔이?

얘기해 보지 않으면 아무것도 결정되지 않는다. 하지만 얘기했다간 지금의 행복한 동거 생활에 찬물을 끼얹게 되겠지.

그래서 머릿속에서 이런저런 이유를 붙여가며 차일피일 미루고 있는 것이다. 자신도 알고 있다.

간신히 손에 넣은 루나와의 이 시간이 너무나도 소중해서…….

"……."

내가 '하고 싶은 일'의 구체적인 내용을 지금 밝힐 생각이 없다는 걸 깨달았는지 루나가 분위기를 전환하듯이 밝게 웃었다.

"……그런데 여고생들은 어때? 역시 젊은 애들이 귀여워?"

그렇게 말하며 놀리는 것 같기도 하고 질투심이 섞인 것 같기도 한 시선으로 나를 본다.

"호오 보이 선생님이라서 여자애들한테 인기가 넘치는 거 아냐?"

"안 그래."

나는 난처하게 웃었다.

"첫날에 '여친 있으세요?'라는 질문이 들어와서 '같이 살고 있다'고 대답했으니까, 그걸로 끝이야."

여자 친구에 대해 좀 더 물어보고 싶어 하는 학생도 있었지만, 나는 그런 얘기에 동조해 주는 성격이 아니었기에 놀림거리로 삼는 건 포기하는 듯했다.

"헐~, 그랬어? 나는 여고생이랑 싸울 의욕이 한가득이었는데?"

"싸움도 안 돼. ……루나가 너무 압도적이라서."

쑥스러워하면서도 이 정도 말은 할 수 있게 된 건 고등학교 시절에 비하면 큰 진보이리라.

"우후훗, 기뻐♡"

루나 덕분에 식탁이 화목한 분위기로 돌아왔고, 나는 숨을 돌릴 수 있었다.

그러자 집에서도 계속 긴장을 하고 있던 스스로를 깨달았다. 실습에서 느낀 긴장감을 매일 집으로 가져오고 있었다는 사실에, 루나에게 미안한 마음이 들었다.

그런 와중에도 인도네시아행에 대한 얘기는 꺼내지 못했다. 동시에 나는 적성에 안 맞는 일에도 최선을 다할 수 있는 유형의 인간이 아니라는 걸 뼈저리게 깨달았다.

이 실습이 끝나고 내 멘탈이 안정되고 난 뒤 다시 얘기하자.

그렇게 생각하며 오늘도 루나의 배웅을 뒤로한 채 모교를 향해 출근했다.

◇

모의수업이 시작되고 나서는 시간이 순식간에 지나갔다. 선생님에게 피드백을 받고 다음 수업 지도안을 수정하거나 학생들의 반응을 참고해 교육법을 변경하는 등 고민할 거리가 너무나 많아서, 매일이 힘겨워 '역시 교사는 적성이 아니'라고 생각하면서도 그래서 더더욱 평생에 한 번, 이번이 마지막인 경험이라고 생각하며 버텼다.

그리하여 마침내 3주간의 실습이 끝을 맞이했다.

이러니저러니 해도 가르친 학생들에게는 애착이 솟았고 담당 선생님도 잘 대해 주셨기에 마지막 이별에는 허전함을 느꼈다.

그리고 대기실에서 서로를 격려하며 함께 수업 준비에 힘썼던 동료들…… 오오스카, 스기우라와도 뜨거운 우정이…… 싹텄는지 어떤지는 모르겠지만, '오늘은 마시자!'는 두 사람의 말에 우리들은 A

역에서 회식을 갖게 됐다. 학교에서 가장 가까운 O역으로 장소를 잡았다간 학생들과 선생님에게 목격당할지도 모른다는 생각에 편하게 술을 마실 수 없기 때문이라고 한다.

"건배!"

두 사람이 '일단 생맥'을 외치는 사람들이었기 때문에, 맥주를 별로 좋아하지 않는 나도 생맥주로 건배했다.

두 사람이 적당히 골라 들어간 선술집은 오키나와 요리 전문점으로 가게 안에는 오키나와 민요가 흐르고 있다. 테이블을 분리하는 칸막이가 대로 엮은 발이거나, 빈가타* 같은 무늬의 포렴이 드리워져 있는 등 인테리어도 오키나와 풍으로 남국 특유의 개방감이 감돌고 있었다.

그런 편안한 분위기의 공간에서 고야참프루와 바다 포도를 쪼아 먹으며, 두 사람은 쭉쭉 술을 들이켰다.

"카시마는 오늘도 집으로 돌아가면 루나가 있겠지? 부러워……."

내 맞은편에 앉아 있는 오오스카가 불현듯 진지하게 말했다. 벌써 두 잔째라 조금 술기운이 돌기 시작한 건지도 모르겠다.

"진짜로 괜찮은 여자였지, 루나. 사귀고 싶었어~."

"……."

"아, 걱정 마, 걱정 마. 나도 지금은 여친이 있으니까."

차게 식은 내 시선을 눈치 챘는지 오오스카가 실실거리며 웃었다.

---

* 오키나와 특유의 염색 기법을 말한다.

“너는 고등학교 때부터 항상 여친이 있었잖아.”

내 옆에 앉아 있는 스기우라가 곧장 태클을 걸었다.

“뭐, 그래도 루나랑 사귈 수 있었으면 얼마든지 헤어졌을걸?”

진짜냐. 그 말은 루나에게 고백했던 그때도 실은 따로 여자가 있었다는 뜻이잖아? 용납하기 힘든 플레이보이였어……. 나는 그렇게 생각하며 속으로 주먹을 부들거렸다.

“아, 그거 지금 여친한테 일러 버려야지~.”

스기우라가 재미있다는 듯이 말하며 스마트폰을 손에 들었다.

“어이, 하지 말라고! 지금 여친이랑 사귀고 있었다면 헤어지지 않았을 거니까!”

황급히 변명하는 오오스카를 보며 나는 ‘응?’ 하고 의문을 느꼈다.

“……오오스카의 지금 여친이 누군지 스기우라는 알고 있어?”

내가 그렇게 묻자 스기우라는 ‘응’ 하고 당연하다는 듯이 고개를 끄덕였다.

“카시마 너도 알고 있을걸? 우리 고등학교 동창이니까.”

“뭐?”

“내 여친도 마찬가지긴 하지만. 카네다 유나라고 기억해? 고등학교 때 은근히 갸루 쪽이라서 시라카와하고도 사이가 좋았다고 생각하는데.”

그 말에 나는 먼 옛날의 기억을 더듬었다.

유나…… 유나……. 확실히 들어 본 적이 있었고, 얼굴도 흐릿하게나마 기억이 나는 것 같다.

그건 그러니까, 루나가 보여 줬던 채팅방 화면에서…….

루나 유나 아카리(3)

유나 니콜이 우리 반 평범남이랑 맥●에서 데이트 중이던데ㅋ

아카리 진짜야? 완전 웃긴다

그렇구나, 나를 '평범남'이라고 불렀던 그 '유나'였어!

"유나하고는 대학에 들어간 뒤에도 사귀고 있었거든. 내가 슈야랑 놀고 있을 때 유나가 고등학교 시절 친구들을 데려와 합류했고, 그러다 그 녀석이 그중 한 사람이랑 사귀게 됐는데."

"그 사람이 미유…… 후지이 미유. 내 지금 여친이야."

그 이름도 루나에게 들었던 적이 있는 듯한 기분이 든다.

동시에 두 사람의 동창생 네트워크의 정체가 여자 친구라는 걸 알고 납득했다. 야마나나 타니키타를 포함해 루나의 고등학교 시절 친구들은 SNS 등지에서 근황 보고를 하는 게 일상이라는 걸 나도 대충은 파악하고 있었기 때문이다.

"스기우라 너희 커플은 진짜 오래 사귀었지~. 막 고2가 됐을 때부터였나? 굉장하지 않아?"

"뭐, 몇 번인가 헤어지고 서로 다른 사람이랑 사귀었던 기간도 있긴 하지만. 그래도 역시 유나랑 있는 게 제일 마음이 편해서 정신이 드니까 왠지 연락을 나누고 있더니 결국 돌아와 버렸어~."

연인 자랑을 하는 것 같기도 하고 난처하게 웃는 것 같기도 한 표정으로 스기우라가 그렇게 말했다.

"고2 때였던가, 방과 후에 O역 근처에서 유나랑 데이트를 하고 있었는데 말이야~, 카시마랑 야마나를 목격했어. 유나한테 웃기니까 사진을 찍어 두라고 권하기도 했지. 지금 생각하면 그거, 시라카와 일로 깨지고 있었던 것 같기도 하고? 야마나는 원래 양아치였으니까."

"……."

너였구나!

그 사진 때문에 루나와 잠시 애매한 분위기가 되긴 했지만, 질투한 것으로 짐작되는 루나의 귀여운 일면을 볼 수 있었으니 뭐, 봐주기로 하자. 나는 그렇게 속으로 스기우라를 용서했다.

"나도 카시마의 특종 사진을 기억하고 있어. 고2 여름이었던가? 축구부 녀석이 중학교 때 친구가 보내 준 사진이 있다고 해서. 봤더니 카시마랑 쿠로세가 포옹하고 있는 사진이길래 재밌어서 학년 전체에 마구 뿌렸지."

그쪽은 너였냐고!

그건 루나와 여름방학에 2주일 동안 연락이 두절되게 한 원인이었기에 스기우라 때와는 달리 쉽게 용서하기 힘들었다. 그래서 나는 순간 어금니를 꽉 깨물었다.

뭐, 지나가 버린 일이고 돌이켜보면 전부 청춘의 추억이지만.

"아~, 그것 때문에 애들이 다 뒤집어졌었지. 시라카와랑 카시마가 사귄다는 선언을 한 지 얼마 되지도 않았을 때였잖아."

“맞아. 그걸로 카시마의 양다리가 발각돼서 헤어지면 루나가 다시 솔로가 될 기회라고 생각해서 필사적으로 퍼뜨렸지.”

“아니, 그건……!”

나는 맹렬히 부정하려 했지만 쿠로세의 명예도 걸려 있었기에 어떻게 설명해야 좋을지 알 수 없어져서 말을 어물거렸다.

“……뭐, 아무튼 양다리 같은 그런 건 아니니까.”

“그게 말이 돼~?!”

“자매랑 동시에 한 거 아냐~?!”

“진짜로?! 부러워 미치겠네~! 카시마의 인생이 되고 싶어~!”

“역시 호오 보이! 여자한테 인기 있는 걸로도 승리자냐고!”

“여기 하이볼 두 잔 부탁드립니다!”

“아네호는?! 엥, 데킬라는 없어?!”

“스기우라 씨, 여기서는 가볍게 원샷 가시죠!”

“네, 원샷! 원샷!”

“…….”

두 사람이 어째서인지 멋대로 하이볼 원샷을 시작해서 나는 대충 손장단으로 분위기를 맞춰 주며 억지로 웃을 수밖에 없었다.

이런 성격의 동성 친구들이 주변에 없었기에 한 바퀴를 돌아 신선하고 즐겁기까지 했다.

이런 일이라도 아니었다면 이런 회식에는 평생 참석하지 않았을 거라고 생각하자, 견문을 넓히는 의미에서도 교육실습에 오길 잘한 듯한 기분이 들었다.

엄청난 속도로 술을 마신 두 사람은 예상대로 금세 고주망태가 되어갔다.

"……진짜로 말이지, 카시마. 루나를 소중히 여겨."

오오스카는 끝으로 갈수록 그 말밖에 하지 않게 돼 버렸다.

"성실한 게 네 장점이니까 말이야."

벌써 몇 번째인지 모를 설교를 나는 고개를 주억거리며 들었다. 스기우라로 말할 것 같으면 내 옆에서 팔짱을 끼고 벽에 기대 자고 있었다.

"비밀은 만들지 마. 루나를 울리지 말라고."

그 말에 가슴이 내려앉았다.

비밀, 이라는 말에 떠오른 것은 당연히 후지나미 씨에게 받은 제안이다.

"……."

잠시 생각에 잠겼다가 고개를 들었을 때는, 오오스카도 자고 있었다. 테이블에 엎드려서.

"……엥?"

잠깐만, 이러면 어떻게 되는 거야?

나, 집으로 돌아가도 돼?

계산은 누가?

"잠깐만, 오오스카? 스기우라?"

황급히 두 사람을 깨워 봤지만 둘 다 신음은 흘리면서도 눈을 뜨려고는 하지 않았다.

"……."

나는 아연실색했다.

동시에, 아주 오래 전에도 이런 일이 있었던 것 같다고 생각했다. 그러자 떠오른 것은 잇치와 닛시를 데리고 야마나가 알바 하는 선술집에 갔을 때의 일이었다. 두 사람이 수상한 음료수를 마시고 만취하는 바람에 지금처럼 당황했었다.

그때는 범인으로 의심되는 야마나가 책임지고 두 사람을 맡아 줬지만, 이번에는 어떡하지?

그렇게 생각하고 있었을 때였다.

테이블 위에 놓인 스기우라의 스마트폰이 착신 화면으로 바뀌며 진동했다.

발신자의 이름이 '유나'라고 표시돼 있는 것을 보고 나는 지푸라기라도 잡는 심정으로 통화 버튼을 밀었다.

"잠깐만, 아직도 멀었어~? 회식이 끝나면 오겠다고 말해서 기다리고 있는데~! 메시지에도 적어 놨지만, 휴지 꼭 사 와, 알았지?"

스피커 모드로 돌렸더니 기다림에 지친 듯 쏘아붙이는 여성의 목소리가 들려왔다.

"……여보세요?"

나는 스마트폰을 향해 머뭇거리며 말을 꺼냈다.

"엥, 누구?"

"스기우라랑 같이 교육실습을 받았던 카시마입니다……."

"헐, 진짜?! 완전 그립다! 결혼식엔 꼭 불러 줘, 알았지~?!"

"……."

남친도 그러더니 어째서 일단 결혼식에 초대받으려고 하는 걸까. 나는 그렇게 생각하며 서둘러 용건을 말했다.

"방금 스기우라랑 오오스카랑 셋이서 술을 먹고 있었는데 두 사람이 잠들어 버려서, 어떻게 좀 해 주셨으면 하는데요……."

"뭐, 진짜?! 또야?! 어딘데?!"

"A역 앞 오키나와 요리점인데……."

"알았어, 그럼 차로 데리러 갈 테니까! 슈아도 거기 있지? 미유를 태워서 갈게!"

보아하니 상습범인지 얘기가 빨라서 다행이었다. 맨정신인 사람이 와 주면 회식비도 회수할 수 있을 것 같다.

30분쯤 지나 유나가 스기우라의 스마트폰으로 다시 연락을 해서, 나는 스기우라와 오오스카를 한 명씩 부축해 가게 밖으로 데리고 나와 대로변에 주차돼 있는 유나의 솔리오*에 태웠다.

"고마워, 카시마."

"미안해~."

유나와 미유도 차 밖으로 나와 미안한 기색으로 나에게 말했다.

여전히 갸루 같은 분위기가 남아 있는 루나나 야마나와는 달리, 두 사람의 외모는 완전히 자연스러워져 있었다. 길거리에서 스쳐 지나가도 알아차리지 못할 만큼 흔히 보이는 평범한 20대 여성이었다.

* 일본의 자동차 제조사 스즈키에서 생산되는 미니 밴.

"아뇨, 그럼 저는 이만……."

나는 목례를 하며 역 쪽으로 향하려 했다.

"그런데 카시마는 집이 어디야?"

"지금 루나랑 같이 살고 있다며?"

하지만 두 사람의 연달아 말을 걸어와서 멈춰 섰다.

"아, 응. K시에서……."

"헐, 그럼 엄청 멀지 않아?! 23구* 밖이잖아! 전철은 있어?!"

그래도 아직 밤 10시대라 여유는 있다. 대체 얼마나 멀다고 생각하는 걸까.

"바래다줄 테니까 괜찮으면 타!"

"어?! 아니, 아직 다니는 전철이 많으니까……."

"됐으니까! 루나 얼굴도 보고 싶고!"

"에엑……?!"

그리하여 나는 어째서인지 K시의 자택까지 유나의 차를 얻어 타고 가게 되었다.

곯아떨어진 주정뱅이 둘 사이에 낀 뒷좌석은 별로 쾌적하지 않았다. 조수석의 미유와 자리를 교대하고 싶다고 생각하면서도 말을 꺼낼 용기가 없어, 몸을 기대는 오오스카를 떠받친 채로 한 시간 남짓한 드라이브를 즐기게 됐다.

앞좌석의 두 사람은 스마트폰에서 흐르는 음악을 흥얼거리거나

* 도쿄도에서도 중심지에 위치한 특별구로 도쿄도의 핵심 지역.

여자들끼리만 아는 얘기로 재잘거리면서도 나를 신경 쓰듯이 이따금 말을 걸어 주곤 했다. 대신 지불한 회식비도 정산해 줘서 한숨을 돌렸다.

이제 곧 카 내비게이션의 도착 예정 시각이 되겠구나 싶어 안절부절못하고 있는데.

"슈야가 말이지, 카시마랑 교육실습에서 얼굴을 볼 수 있어서 기뻐했어."

미유가 그렇게 말하며 조수석에서 살짝 고개를 옆으로 틀었다.

"엇…… 정말?"

"응. '고등학교 때는 존재감이 없었지만 얘기해 보니까 평범하게 괜찮은 녀석이었다. 그때부터 좀 더 대화를 나눠 볼 걸 그랬다'고."

고등학교 시절의 평가는 제쳐두고라도 그렇게 생각해 줬다는 게 평범하게 기뻤다. 나도, 두 사람과 생각했던 것보다도 얘기가 잘 통해서 즐거웠다.

"카시마는 엄청 평범하니까! 루나랑 사귀고 있다는 말을 들었을 때는 '진짜~?'라고 생각했어."

유나도 핸들을 쥔 채로 웃으며 말했다. 나를 '평범남'이라고 불렀던 일을 본인도 기억하고 있는지는 모르겠지만, 이 분위기만 봐선 악의는 전혀 없는 듯했기에 그냥 용서하고 말았다.

"그래도 루나가 이것저것 말해 주는 걸 듣고 나니 정말로 좋은 사람이구나 싶더라."

"그치, 이렇게 오래 사귀고 있잖아."

"3학년 때 우리가 루나랑 같은 반이었잖아? 매일 네 얘길 들었어."

"아~ 그랬지. 카시마가 수험 공부로 바빠서 별로 같이 못 논다고."

고3 때 진로 및 능력별 학급 편성 때문에 루나는 수학여행 그룹 멤버 중 누구와도 같은 반이 되지 못했는데 이 두 사람이 루나와 같은 반이었구나.

"루나는 남친이랑 매일 함께 있고 싶어 하는 성격이잖아? 반도 다르고 방과 후랑 휴일에도 같이 못 노는 거, 엄청 힘들어 보였어."

"가끔은 속을 끓이기도 했지. '좀 더 자주 만나고 싶지만, 공부에 방해가 될까 봐 말을 못 꺼내겠다'고."

그랬구나……. 외롭게 만들었다는 건 알고 있었지만, 친구들에게 토로할 만큼 고민하고 있었을 줄은 몰랐다.

"동거를 시작했다는 소식을 인스타에서 보고 이제야! 라고 생각했지."

"그치, 졸업하면 바로 같이 살 줄 알았어."

"이제 루나도 더는 마음앓이를 할 일이 없을 테니 정말 다행이야."

"정말, 루나의 인스타를 보면 요즘 엄청 행복한 듯해서 부러워!"

"……."

두 사람의 얘기를 들으며 나는 복잡한 기분을 느끼고 있었다.

내가 해외로 나가게 되면 루나는 과연 어떻게 하려나…….

"……아! 저 애 루나 아냐?"

"엥? 아, 진짜다!"

미유의 말에 유나가 비상 표시등을 눌렀다. 그대로 차를 갓길에 붙여 세운다.

확인하자, 가까운 인도에 루나가 서 있었다. 우리들이 사는 맨션 바로 근처다.

내가 사정을 설명한 메시지를 보냈기에 유나와 미유에게 인사를 하려고 도착시간에 맞춰 기다리고 있었던 것이리라. 늘 입던 실내복이 아니라 출근하거나 등교할 때 입던 복장을 하고 있다. 일부러 갈아입은 거라고 생각하니 미안한 마음이 들었다.

"미유! 유나! 오랜만이야!"

조수석 창문이 열려서 알아챈 듯 루나가 이쪽으로 달려와서 말했다.

"정말 정말, 얼마 만에 만나는 거야."

"인스타로 매일 보고 있어서 그런 느낌은 없지만."

"나도~! 실제로 만나는 건 얼마 만이지? 2년 전 갸루 모임이 마지막이었던가?"

"그렇게 오래됐어?!"

여자들이 얘기를 나누는 사이, 나는 오오스카의 몸을 스기우라 쪽으로 기대 놓은 뒤 밖으로 나가려고 했다.

그때였다.

"어이, 카시마아……."

갑자기 오오스카에게 손목을 붙들렸다.

"뭐, 뭐야?"

스킨십 문화가 없는 아싸라 쩔쩔매며 물었지만, 오오스카는 대답하지 않았다. 그러기는커녕 반쯤 숙인 얼굴은 여전히 잠들어 있는 것처럼 보였다.

"……."

주정뱅이의 알 수 없는 행동인가 싶어 손을 떼어내며 나가려고 했다.

그때, 오오스카가 다시 입을 열었다.

"말해, 제대로……."

"……어……?"

"말하는 거야……. 루나를 울렸다간, 내가 용서치 않을 테니까아……."

오오스카는 그렇게 말하더니 미끄러지듯이 내 손목을 놓았다.

그런데도 나는 한참을 차 안에서 움직이지 못했다.

"……."

오오스카가, 내 인도네시아행을 알고 있을 리가 없다.

그럼에도 이 우연에는 의미가 있다는 생각이 들었다.

"있지 루나, 이 근처에서 잠깐 차나 마실래~?"

"아~, 완전 가고 싶은데 내일도 일찍 일어나야 해서."

"오케이! 그럼 다음에 또 찬찬히 얘기하자!"

"응! 연락할게~!"

여자들의 대화가 끝나가는 분위기로 들어설 때쯤 나는 차에서 내려섰다.

"아, 류토, 어서 와♡"

친구들 앞인데도 루나는 언제나처럼 나에게 미소를 지었다.

"다녀왔어……."

나는 조금 부끄러워서 평소보다 담백한 반응을 보이고 말았다.

"그럼 안녕~! 나중에 또 봐!"

"응!"

"감사…… 했습니다."

루나와 함께 손을 흔들면서도 조금 딱딱한 인사로 차를 배웅하며.

"……굉장해! 유나랑 유미를 만나게 되다니~!"

오랜만에 얼굴을 본 친구와의 예상치 못한 재회에 흥분한 루나를 지켜보며…….

—말해, 제대로…….

머릿속으로는 오오스카의 말을 계속 재생하고 있었다.

"류토는 별로 안 마셨어? 그래도 교육실습 때문에 피곤했지? 집에서 같이 건배할까!"

평소의 나였다면 여기서 결의가 꺾이고 맥없이 하려던 말을 미뤘겠지.

"……류토?"

걸음을 뗄 기색이 없는 나를 보고 한 걸음을 내딛으려던 루나가 뒤돌아보며 발을 멈췄다.

—말하는 거야……. 루나를 울렸다간, 내가 용서치 않을 테니까아…….

“…….”

설마 이런 인생의 전환점일지도 모를 중대한 보고를 그 ‘슈야’에게 재촉당해 루나에게 하게 될 줄은 생각도 못 했지만.

운명이란 정말로 신기하다고 생각했다. 누군가와의 우연한 만남의 연속으로 인생에는 예상을 벗어난 일들만 벌어진다.

바로 지금 내 인생을 크게 변화시키려 하고 있는 후지나미 씨와의 만남도 시작을 더듬어가면 쿠로세와의 만남의 결과다. 그리고…….

내 인생 최고의 만남인 루나를 향해.

결의를 담아 입을 열었다.

“나, 4월부터 인도네시아에서 일하려고 해.”

루나는 순간 말문이 막힌 듯한 얼굴을 했다. 눈을 휘둥그레 뜨고 나를 빤히 바라본 채 말을 잇지 못했다.

“계속 말하려고 했는데, 늦어서 미안. 이이다바시 서점을 그만둔 후지나미 씨가 새로운 회사의 편집자로 일하지 않겠냐고 권유해 줬어. 그래서, 일본에서 취업 준비를 하지 않았어.”

루나는 더더욱 말을 잇지 못하더니, 잠시 후에야 겨우 목소리를 냈다.

“……인도네시아……? 라면, 외국……? 이지?”

나는 묵묵히 고개를 끄덕였다.

밤 11시를 지나 주변은 인적이 거의 드물었다. 한 골목만 들어가도 우리들이 사는 맨션으로 이어지는 이면도로가 나오지만, 여기는 가게도 드문드문 보이는 큰길이라 아직 다니는 차들이 있었다.

그런 널찍한 인도의 갓길 쪽에서, 우리들은 마주 서서 서로를 바라보고 있었다.

루나의 얼굴에 진 음영이 이따금 스쳐 지나가는 차의 헤드라이트를 받아 변화한다. 어떤 순간을 잘라내도 루나는 언제나 아름답다.

나는 그런 생각을 하며 영원하게도 느껴지는 침묵 속에서 루나가 다음으로 할 말을 계속 기다렸다.

제3.5장 아카리와 마리메로의 오프라인 토크

도내의 교외에 위치한 어느 산부인과 병동의 한 입원실에 검은 정장으로 몸을 감싼 마리메로가 찾아왔다.

방 안에는 침대 네 개가 있었지만 사용 중인 건 한 개뿐이었다. 그곳에 파자마를 입은 아카리가 갓 태어난 아기를 안고 앉아 있었다.

"아카리?"

"앗, 마리메로! 와 줘서 고마워! 들어와, 들어와!"

열려 있던 문에서 고개를 내민 마리메로를 보며 아카리가 웃었다.

"4인실이지만 오늘 아침에 두 사람이 퇴원해서 지금은 나밖에 없으니까 럭키지."

"그렇구나. ……아카리, 다시 한 번 출산을 축하해."

마리메로는 그렇게 말하고는 손에 들고 있던 종이봉투를 아카리에게 건네려 했…… 지만, 아기를 안고 있어서 '여기에 놔둘게.' 하고 침대 머리맡 옆에 있는 협탁에 올려놓았다.

"엇, 고마워! 출산할 때는 정말 고마웠어! 마리메로가 있어 줘서 다행이었어~!"

"우후후, 깜짝 놀라긴 했지만 무사해서 다행이었어."

마리메로는 그렇게 말하며 침대 옆 의자에 앉았다.

"출산 기념으로 뭐가 좋을지 검색해 보다가 어린이용 식기 세트로 골랐어. 나중에 확인해 봐."

"우와, 유용하겠다! 기뻐~! 정말 고마워!"

기쁨의 환성을 지른 아카리가 이어서 친구의 모습을 유심히 바라보았다.

"그런데 면접 정장을 입은 마리메로는 처음 봐! 굉장하다, 취준생이라는 느낌~!"

"이 뒤에 오후 면접이 한 곳 잡혀 있거든."

"그렇게 바쁜데도 와 줘서 고마워!"

"아냐, 아카리랑 아기도 보고 싶었으니까. 어머, 정말 귀엽네."

아카리의 품 안에 있는 갓난아기는 잠들어 있지 않았다. 벌써 또렷하게 뜨인 호기심 왕성한 눈동자로 마리메로를 물끄러미 쳐다보고 있었다. 작은 머리에는 직접 만든 듯한 핑크색 리본이 달린 헤어밴드를 감고 있다.

"……출산은 어땠어?"

무서울 걸 알면서도 호기심을 지울 수 없다는 어조로 마리메로가 물었다.

그러자 아카리는 바로 얼굴을 찌푸렸다.

"진짜로 힘들어, '죽겠다'고 백 번 정도 생각했어. 마지막 30분은 기억도 날아가서 없다니까. 너무 아파서 포효 소리밖에 안 나왔어! 나중에 유스케한테 '야생으로 돌아간 줄 알았다'는 말을 듣고, 진짜로 까불지 말라고 생각했다니까! 이쪽은 목숨을 걸고 싸웠는데 말이야!"

"우와아……."

마리메로가 얼굴을 찡그리며 겁먹은 표정을 지었다.

"그리고 입원하고 나서 분만실에 들어가기 전까지 유스케한테 허리에 테니스 공을 좀 대달라고 했는데, 전혀 다른 곳에만 대서 진짜로 짜증 났어~!"

그렇게 말한 아카리는 난처하게 웃는 마리메로를 보며 더욱 흥분해 말을 꺼냈다.

"그리고 있지?! 출산하면 바로 배가 원래대로 돌아갈 줄 알았는데, 아직도 완전 임산부 몸매야! 아이를 낳아도 한동안은 배가 줄어들지 않는다는 사실을 마리메로는 알고 있었어?!"

"몰랐어……. 그랬구나."

"정말 원래대로 돌아갈지 불안한 마음밖에 안 들어!"

아카리가 드러낸 복부를 마리메로는 감탄한 기색으로 찬찬히 들여다보았다. 그곳은 확실히 아직 임신 중기인 것처럼 부풀어 있었다.

"그리고 회음을 가르고 다시 꿰매서 엄청 아파! 화장실에 갈 때가 지옥이야!"

"회, 회음…… 이라니?"

"말하기 힘드니까 나중에 검색해 봐! 아기가 나오는 곳이야!"

"아아……."

마리메로는 짐작한 듯한 표정을 지었다.

“허리 통증도 심하고, 유선이 확장돼서 가슴도 아프고, 몸이 너무 너덜너덜해서 정말이지 웃음만 나온다니까. 그런데도 혼자서 아기를 돌봐야 하니까 웃을 수가 없어~! 얼른 퇴원해서 엄마나 유스케한테 애를 맡기고 싶어! 안고 있지 않으면 배가 고프지 않아도 계속 울거든.”

그런 아카리에게 마리메로는 머뭇거리며 말했다.

“……내가, 잠시 교대해 줄까?”

“엇, 괜찮겠어?”

“응. 아카리가 괜찮으면…… 잠깐 안아 보고 싶어.”

그래서 아카리는 품 안의 아기를 마리메로에게 넘겼다.

“헐, 마리메로 잘 안는다~!”

안정감 있는 손길로 자신의 아이를 안는 친구를 보며 아카리가 환성을 질렀다.

“내 여동생도, 비교적 최근에 태어났으니까.”

“아~, 그러고 보니 그러네!”

“떨어져 사니까 그렇게 자주 보살피지는 못하지만, 갓난아기일 때는 가끔 안아 주곤 했어.”

그렇게 설명하고는 품 안의 아기에게로 시선을 떨구며 마주 바라보았다.

“만나서 반가워, 쿠로세 마리아야. ……맞다, 이름은?”

마리메로의 물음에 아카리는 얼굴을 찌푸렸다.

"아~ 그것 말이지. 여자애 이름밖에 생각해 둔 게 없어서 다시 처음부터 고민해야 돼~!"

그렇게 말하며 쓴웃음을 짓는다.

"아하하. 우리 집에 있는 대량의 여아용 아기 옷도 어떡하지? 지금 당장 다시 만들 여유는 없고, 사면 돈이 드는데……."

"뭐, 만들어 둔 옷을 입히면 되지 않을까? 귀여워서 잘 어울리는데?"

마리메로는 품 안의 아기를 쳐다보며 대꾸했다. 머리에 단 핑크색 리본이 잘 어울리는, 신생아면서도 사랑스러운 얼굴을 한 아이다.

"하긴! 이젠 남자애라서 리본은 안 된다거나 파란색을 입어야 하는 그런 시대도 아니니까!"

아카리는 쾌활하게 웃어넘기며 말했다.

"그래도 설마 남자애가 태어나다니 말이야! 선생님도 놀랐어. 거기가 조금 작은 편이라서 초음파에 잘 안 보였던 것 같아."

"우후후."

태어난 아이의 성별 얘기는 이미 들었던 모양인지 마리메로는 지난 일을 회상하듯 미소를 지었다.

"내 인생은 예상을 벗어난 일들만 일어나는 것 같아. 그래도 상관없어, 이러니저러니 해도 즐거우니까!"

위를 올려다보며 그렇게 말한 아카리는 친구에게 안긴 제 아이의 동그랗고 반들반들한 뺨을 검지로 콕콕 만졌다.

"이 포지티브한 성격과 해피한 운만은 이 애한테도 꼭 유전됐으면 좋겠다고 생각해."

그렇게 말하며 아기를 바라보며 미소 짓는 아카리는, 이미 어엿한 어머니의 얼굴을 하고 있었다.

제 4 장

6월로 접어들며 장마철답게 찝찝한 날씨가 이어지게 됐다.

그런 와중에 루나의 외할아버지의 부고가 도착했다.

"류토 미안해, 이것 좀 채워 줄래?"

쓰야*가 있는 날 오후, 출발 전 준비를 하고 있던 루나가 나에게 진주 목걸이를 건넸다.

루나는 오늘 오전 근무인 의류 매장 알바를 빠지고 왔다. 검은색의 간소한 원피스와 재킷으로 몸을 감싸고 머리카락을 하나로 묶어 동그랗게 고정한 루나는 평소와는 다르게 소박한 느낌이 들었고, 이렇게 말하면 불경하다고 할 수도 있겠지만, 무척 아름다웠다.

평소에는 별로 볼 수 없는 하얗고 가느다란 목덜미에 가슴을 두근거리며 나는 목걸이를 채우려고 했다.

"어라? 잠깐만 기다려……."

동거한 뒤 루나에게 목걸이를 채워 주는 경우도 가끔 생겼는데, 이건 처음 보는 형태의 잠금 장식이었다. 옆으로 긴 은장식 안에 납작한 장식을 끼워 넣는 형태로 일반적인 목걸이와는 장착 방법이 전혀 달랐다. 루나가 혼자서 착용하지 못해 부탁한 것도 이해가 갔다.

* 장례식 전날 저녁 가족과 친지들이 모여 고인을 추모하는 의식.

"……이러면 될까?"

"진주 목걸이는, 잠금 장식이 왠지 조금 특이하지."

"응. ……아, 맞게 채워진 것 같아."

"고마워!"

루나가 돌아보며 미소를 지었다. 그 얼굴은 평소와 달리 화장기가 옅었다.

돌아온 뒤 루나는 한 차례 얼굴을 씻고 상복용으로 다시 화장을 했다. 평소에는 펄로 반짝거리는 일이 많던 눈꺼풀도 지금은 원래 피부와 같은 색을 띠고 있었고, 입술도 언제나처럼 선명한 색으로 광택을 발하는 질감이 아니라 원래 피부와 잘 어울리는 색을 띠고 있었다. 조금 초췌한 듯한 그 분위기가, 사라질 것처럼 가련하고 요염해 보였다.

"류토는? 준비, 벌써 다 했어?"

"응."

내일 있을 고별식은 친족들만으로 조촐하게 지낸다고 했지만, 오늘 있을 쓰야에는 나도 참석하게 됐다. 토요일이라 알바도 없어서 일정상으로는 지장이 없다.

"……그런데, 정말로 내가 가도 되겠어?"

조금 긴장하며 묻자 루나는 살짝 입꼬리를 올리며 웃었다.

"응. 내가 평생을 함께하기로 결심한 사람을, 할아버지한테 보여드리고 싶으니까……."

그렇게 말한 뒤 내게서 시선을 돌리며 조금 허망한 미소를 짓는다.

"사실은 아직 건강하실 때 만나게 해 드리고 싶었지만……."

"……."

쿠로세와 함께 사는 루나의 외할아버지와는 끝까지 얼굴을 뵐 기회가 없었다. 살아 계셨다면 조만간 인사를 드리러 갔을 분이었다고 생각하자 어쩐지 나도 허무한 기분이 들었다.

"……이 넥타이, 이상하지 않으려나?"

나는 교육실습 때 입었던 면접용 검은색 정장에 급하게 100엔 숍에서 산 검은 넥타이를 매고 있었다. 불안해져서 묻자, 루나는 또다시 조금 힘없는 미소를 지었다.

"괜찮아. 멋있어. 100엔짜리로는 안 보여."

루나의 인증을 받고 한숨을 돌리며 우리들은 함께 집을 나섰다.

바깥에는 추적추적 비가 내리고 있었다. 각자 비닐우산을 쓰고 역으로 가는 길을 걸으며 나는 얼마 전 루나와 나눴던 대화를 떠올리고 있었다.

교육실습 마지막 날, 내가 루나에게 해외로 갈 거라는 얘기를 털어놓은 뒤의 일이다.

—인도네시아에서 창업할 새로운 회사에서 편집자…… 그게 류토가 '하고 싶은 일'인 거야?

—응…….

—……그렇구나. 그럼, 그건 이미, 확정된 거겠네…….

—아니, 그래도…… 루나가 싫으면, 그건…….

—류토랑 일본에 있을 수 있어?

—아니, 나는…… 무리려나.

—……그럼 문제는 내가 어떻게 할 건지겠네…….

그 말을 끝으로 루나는 그 일에 대해 아무 말도 하지 않았다.

그 뒤로도 몇 번인가 얘기할 기회는 있었지만, 루나에게서 분명한 대답은 돌아오지 않았다.

그러는 사이 외할아버지가 위독하다는 연락이 왔고 이렇게 돼 버려서 인도네시아행에 관한 얘기는 마무리되지 못했다.

"……."

옆에서 걷고 있는 루나의 얼굴을 비닐우산 너머로 바라본다. 그 표정이 침울해 보이는 건 지금은 외할아버지를 생각하고 있기 때문이리라.

쓰야가 진행되는 회장은 K역 근처였기에 둘 다 본가에서 살았다면 거리는 더 가까웠겠지만, 나는 루나와 동거 중이지 않았다면 참석할 일이 없었을지도 모른다.

전철을 타고 흔들리면서 그런 생각을 하며 친숙한 거리로 향했다.

◇

K역에서 택시를 타고 하얗고 산뜻하게 지어진 장례식장에 도착했다. 아직 결혼한 건 아니라 조금 어색했지만, 루나와 함께 친족 대

기실로 갔다.

대기실에는 회의실처럼 긴 책상이 놓여 있고 검은 옷으로 몸을 감싼 친족들이 앉거나 서서 나직한 목소리로 인사를 나누고 있었다.

"루나, 류토."

루나의 어머니가 우리들을 발견하고 손짓했다. 그 옆에는 쿠로세도 있어서 어쩐지 멋쩍고 민망해진 우리들은 각자 말없이 고개를 숙였다.

"앗, 할머니."

근처에 앉아 있던 고령의 여성을 눈치 챈 루나가 말을 걸었다.

"같이 살고 있는 남자 친구, 카시마 류토 씨야."

루나가 정식으로 나를 소개해 줘서 어쩐지 부끄러웠다. 루나도 수줍어하는 것이 사랑스러웠다.

"처음 뵙겠습니다, 카시마 류토라고 합니다. 이번에는…… 고인의 명복을 빕니다……."

익숙지 않은 말을 하며 내가 고개를 숙이자, 외할머니는 피곤이 서린 얼굴에 놀란 기색을 띠며 일부러 자리에서 일어나 인사해 주셨다.

"어머나……."

루나의 외할머니라고 하니, 치바에서 신세를 진 루나의 외증조할머니 와타나베 사요 씨의 딸이라는 뜻이 된다. 체구가 작고 점잖아 보이는 60대 정도의 부인으로, 얼굴과 분위기도 사요 씨를 닮아 있었다.

"세상에…… 일부러 와 주셔서 감사합니다. 아키에랑 마리한테 얘기는 전해 들었어요. ……호오대를 다니고 있으시다죠? 정말 훌륭해요…….”

말투까지 사요 씨를 많이 닮았다. 2, 30년 전의 사요 씨라는 느낌이 들어서 처음 얼굴을 보는데도 신기한 감각이 들었다.

물론 사요 씨 본인도 대기실 안에 있었다.

사요 씨는 방구석의 의자에 앉아 하얀 손수건을 눈가에 대고 누르며 눈앞의 마오 씨에게 말을 걸고 있었다.

“정말, 유키코가 너무 안쓰러워서…… 설마 나보다 먼저 쇼지 씨가 떠날 줄이야.”

사요 씨가 말한 건 외할머니와 외할아버지의 이름이리라. 사요 씨가 90대이니, 딸도 고령자라고 할 수 있는 연령에 접어들고 있어서 관념적으로 보면 남편을 잃어도 너무 이른 편은 아니겠지만, 부모에게는 언제까지나 사랑스러운 내 새끼인 모양이라고 생각했다.

우리들이 가까이 가도 슬퍼하느라 알아차리지 못하는 눈치였기에, 루나가 ‘사요 할머니’ 하고 말을 걸었다.

그 덕에 마오 씨도 우리들을 알아보았다.

“오~, 오랜만~! 잘 지냈어?”

장례식에 참석 중이라고는 생각할 수 없을 만큼 가볍고 쾌활한 인사에 긴박한 분위기가 누그러들며 살짝 마음이 편해졌다.

“덕택에…….”

“또 치바에 놀러 와! 뭐, 그때 내가 있을지는 모르겠지만, 사요 할머니는 늘 있으니까.”

"마오, 지금도 여행을 다니고 있어?"

"그게 일이니까~. 그래도 어찌어찌 한 해의 절반 정도는 사요 할머니 집에 있어. 여름에는 바다의 집을 운영하고 있고. 최근에 조금씩 돈이 벌리기 시작했거든. 역시 꾸준히 하고 볼 일이야~! 올해도 다음 달에 해수욕장이 개장되면 열 거니까 꼭 와 줘! 여름을 한껏 즐기라고!"

쾌활하게 얘기하며 자리에 어울리지 않게 해맑게 웃는 마오 씨는 여전히 피부가 까맣게 타 있었고 생기발랄해서 상복을 입고 있어도 우중충함과는 인연이 없는 사람 같아 보였다.

"와아, 그러게, 가고 싶다, 류토."

루나도 순간 밝음을 되찾더니 얼굴을 환히 빛내며 나를 보았다.

"응."

루나와 함께 갔던 한여름 바다의 눈이 부시도록 찬란한 빛이 떠오른다.

여름 축제에서 느꼈던 애달픔, 불꽃놀이와 유카타를 입은 루나의 아름다웠던 모습도…….

벌써 4년 전 일이라고는 믿을 수 없을 만큼 지금도 내 기억 속에서 어제 일처럼 선명하게 반짝이는 추억이다.

"나, 편집자가 되고 싶어서 취업 준비를 하고 있는데, 출판사 사람한테 소개해 주지 않을래?"

그때 우리들의 뒤쪽에서 따라오고 있던 쿠로세가 마오 씨에게 말을 걸었다.

"상관은 없는데 내가 알고 지내는 건 인사 쪽 직원이 아니라 편집자라서 말이야~. 작가라면 소개해서 일을 따낼 수도 있겠지만 편집자한테 편집 희망자를 소개해 봤자 결국 '그럼 취직 시험 힘내세요.'로 귀결되는 거 아냐?"

"역시 그렇겠지……."

이 모습을 봐선 쿠로세의 취업 준비는 별로 잘 되어가고 있지 않는 듯했다. 이미 편집자로서 취직할 곳이 있는 나는 아주 조금 찝찝한 기분이 들었다.

루나에게는 쿠로세에게 새 회사 얘기를 하지 말아 달라고 부탁했기에, 쿠로세는 내가 해외로 간다는 사실을 아직 모르고 있을 터다.

"루우, 마리, 류우…… 또 놀러 오렴……."

사요 씨는 그렇게 말하면서도 여전히 손수건을 눈에 대고 있었다. 원래도 눈물샘이 약한 사람인 건지 나이가 들어서 그렇게 된 건지는 모르겠지만, 여기서 더 말을 거는 것도 미안한 기분이 들어서 우리들은 사요 씨와 마오 씨에게서 떠나갔다.

쓰야를 개시할 시간이 가까워지자 루나의 언니인 키티 씨도 라이온 씨를 데리고 나타났다.

"훌쩍, 할아버지……."

키티 씨는 등장할 때부터 눈물을 글썽이고 있었고, 라이온 씨에게 어깨를 안겨 위로받고 있었다. 루나도 그렇지만 키티 씨도 머리 색이 밝아서 머리를 묶고 있어도 상복과 어울리지 않는다는 느낌이 든다. 그래도 외할아버지의 죽음에 마음 아파하는 모습을 보자 가슴이 아렸다.

◇

외할아버지는 73세로, 돌아가시기에는 아직 이른 나이여서 그런지 동년배인 참석자도 많아서 쓰야 회장에는 친족을 포함해 7, 80명 정도의 사람들이 찾아왔다.

쓰야에는 스님이 독경을 외는 동안 참석자들이 분향을 하는 절차가 있었다. 나는 루나와 주변 사람들을 훔쳐보며 어찌어찌 눈동냥으로 일련의 과정을 마쳤다.

쓰야가 끝나자 담당 직원이 만찬장으로 안내해 주었다.

"내가 가도 돼?"

다시 루나에게 묻자, 루나가 고개를 끄덕였다.

"응, 나도 참석하니까 같이 가자."

루나는 그렇게 말하고는 내 재킷의 소매를 잡았다.

"솔직히, 같이 있어 줬으면 좋겠어……."

루나가 손에 든 손수건으로 눈가를 누르며 말했다. 쓰야의 마지막에 관 안에 누운 외할아버지와 대면하고 나서부터 루나는 눈물을 참지 못하게 됐다.

루나의 불안해하는 얼굴을 보자 지켜 주고 싶다는 마음이 가슴 가득 차올랐다.

만찬장 회장은 다다미 바닥 위에 긴 테이블이 놓인 전통적인 느낌의 연회석으로 꾸며져 있었다.

초반에는 친족들이 모여 통에 담긴 초밥 따위를 집어먹으며 돌아가신 외할아버지 얘기를 나눴다.

"정말로, 일이 이렇게 돼서……."

사요 씨가 또다시 손수건을 눈가에 대고 누르며 말했다.

"모처럼 다 같이 모이게 됐는데…… 다음번엔 뭔가 경사스러운 일로 얼굴을 보고 싶구나. 그때까지 내가 건강히 살아 있을 수 있다면 좋겠지만……."

"무슨 소릴 하는 거야, 사요 할머니는 100살까지 살 거잖아?"

마오 씨가 장난스레 말한다.

"그것도 이제 앞으로 5년 정도밖에 남지 않았어."

"확실히 그렇네."

마오 씨가 실언을 했다는 듯이 자신의 이마에 손을 댔다.

"괜찮아. 루나가 조만간 결혼할 테니까."

쿠로세도 조금이나마 분위기를 환기시키려는 듯이 밝은 어조로 루나를 보며 말했다.

"훌쩍!"

그때, 루나의 언니인 키티 씨가 울면서 입을 열었다.

"내 웨딩드레스 모습, 사진이지만, 할아버지한테 늦지 않게 보여줄 수 있어서 다행이었어……."

"정말 고맙구나. 키티의 신부 모습을 볼 수 있어서 할아버지도 기뻐했단다. 금세 잊어버리긴 했지만 보여 주면 몇 번이고 기뻐했어."

외할머니가 온화하게 웃으며 말했다.

"나도 보여 주고 싶었어……, 할아버지한테……. 그런데 나는 늙어 버렸네……."

루나가 다시 손수건으로 눈물을 훔쳤다.

나는 친가와 외가를 포함해서 할아버지 할머니 대 분들이 다들 정정했기에, 이런 부분을 진지하게 고민해 본 적이 없었던 것 같아 반성했다.

"루우도, 이제 곧이니?"

외할머니가 내 쪽을 보더니 조금 머뭇거리면서도 루나에게 물었다.

루나도 나를 보고는 조금 망설이면서도 고개를 끄덕였다.

"아마도…… 그럴 거라고 생각해……."

살짝 가슴이 두근거렸다.

결혼해서 같이 인도네시아로 가 줄 거라는 뜻일까…….

아니면 호적에만 넣고 일본에서 기다리겠다는 뜻일까.

이 자리에서 그런 얘기를 할 수 없다는 건 알고 있지만, 신경이 쓰이고 말았다.

연회가 무르익자 외할머니를 비롯한 연장자들은 맥주병을 들고 참석자들에게 인사를 하러 돌아다니기 시작했고, 나는 루나, 쿠로세와 함께 자리에 남았다.

"……잠깐 손을 씻고 올게."

루나는 손수건으로도 눈물을 다 감출 수 없게 된 눈가를 손으로 덮으며 자리에서 일어났다.

"……."

잠시 망설였지만 여자 화장실 안까지는 따라갈 수 없었기에 나는 그 자리에 멈췄다.

마음에 걸리는 건 아까 루나가 한 말이다.

내가 인도네시아로 가면, 루나는 어떻게 되는 거지?

―루나는 남친이랑 매일 함께 있고 싶어 하는 성격이잖아? 반도 다르고 방과 후랑 휴일에도 같이 못 노는 거, 엄청 힘들어 보였어.

―가끔은 속을 끓이기도 했지. '좀 더 자주 만나고 싶지만, 공부에 방해가 될까 봐 말을 못 꺼내겠다'고.

유나와 미유에게 들었던 말을 떠올렸다.

"……저기 말이야. 고3 때의 루나는 어떤 느낌이었어?"

문득 그런 의문이 들어 맞은편의 쿠로세에게 물어보았다.

"어?"

"내가 수험 공부로 자주 얼굴을 보지 못했던 시기에 루나의 상태가…… 쿠로세 눈에는 어떤 식으로 비쳤을지 궁금해서."

"왜 그래, 갑자기. 새삼스레 그런 걸 궁금해하고."

쿠로세는 조금 어이가 없다는 듯이 웃고는 입을 열었다.

"……외로워 보였어. 그래도 카시마한테 부담을 주고 싶지는 않으니까, 웃는 얼굴로 응원하자고 마음먹었던 것 같아."

"……그랬구나."

"나랑 둘만 있을 때는 울기도 했어. 니코루한테도 거의 매일 밤 전화로 위로를 받았던 것 같고."

따분한 기색으로 잔 안에 남아 있던 맥주를 흔들며 쿠로세는 그렇게 얘기했다.

"루나는 밝고 즐거운 아이지만, 남들의 몇 배로 외로움을 타. 이미 알고 있잖아?"

나는 말없이 고개를 끄덕였다.

"그러니까, 카시마랑 같이 살 수 있게 돼서 정말 잘됐다고 생각하고 있어. 이제 더는 외로움을 느끼지 않아도 되니까."

유나, 미유와 같은 말을 하는 쿠로세에게 나는 아무 말도 할 수 없어 입을 다물었다.

"……."

"있지, 그런데 들어 봐."

그러자 이번에는 쿠로세 쪽에서 말을 건네왔다.

"응?"

"나, 쿠지바야시한테 이틀이나 라인 메시지에 읽기만 하고 답장을 못 받고 있거든."

그 표정에는 분해하는 기색이 어려 있었다.

"뭐? 진짜?"

"진짜야."

"……어떤 메시지를 보냈는데?"

"딱히 평범해. 늘 근황을 주고받으니까, 할아버지가 돌아가셔서 장례식 등으로 한동안 바쁠 것 같다든가, 그런 얘기를 적었어."

"그렇구나……."

확실히 그건 무시해도 될 내용이 아닌 듯하다.

실은 얼마 전부터 쿠지바야시의 라인 첨삭을 중단 중이었다.

쿠지바야시가 쿠로세와 라인을 주고받는 데 슬슬 익숙해지기도 했고, 나에게 어떤 부분을 수정 당할지 스스로 파악해서 학습한 덕에 여자애가 읽기에 냉정해 보인다든가 배려가 없다고 여길 만한 문장을 쓰는 일이 줄어들기 시작했기 때문이다.

나도 첨삭은 내 친구이기도 한 남녀가 주고받는 메시지를 훔쳐보고 있는 듯해서 마음이 편치 않았기에, 슬슬 혼자서 해 보라고 하고 거리를 둔 채 지켜보던 참이었다.

"……."

그래도 쿠로세가 이런 불만을 내비친 이상 알려 주는 편이 나을 것 같다는 생각에, 쿠로세의 눈치를 보며 슬쩍 스마트폰을 조작해 쿠지바야시에게 연락했다.

쿠로세가, 쿠지바야시 네가 메시지를 읽고도 무시하는 상태가 된 게 신경이 쓰이는 것 같아.

뭐라도 답장을 해 주는 게 나을지도.

이건 남자라면 알 거라고 생각하지만, 남자들끼리는 답장할 필요

성을 느끼지 않는 연락에는 '읽음' 표시를 남기는 걸로 답장을 대신할 때가 있다. 나는 가급적 문장으로 회신하는 편이지만, 잇치는 읽고 무시하기로는 단골이다. 그래도 남자 커뮤니티 안에서는 답신이 오지 않아도 '알기' 때문에 서로 신경 쓰지 않는다.

하지만 루나와 메시지를 주고받을 때는 메시지마다 제대로 문장으로 회신해 줘서 랠리가 이어지고, 답장이 늦어지면 '미안해'라고 사과하기 때문에 그런 것들이 여자 쪽의 배려 같은 거라면 내 쪽에서도 신경을 써야겠다는 생각이 들었다.

쿠지바야시도 어쩌면 이번에는 답장을 보내기가 어려워서, 남자들이 흔히 하는 '읽음 표시로 답장을 대신하기'를 선택해 버린 걸지도 모르겠다고 생각했다.

"……아, 왔다."

루나가 좀처럼 돌아오지 않아서 쿠로세와 시답잖은 잡담을 나누며 시간을 때우고 있는데, 잠시 후 쿠로세가 자신의 스마트폰을 보더니 그렇게 말했다.

"왔다니, 설마 쿠지바야시한테서 메시지가 온 거야?"

"응, 맞아. 봐."

쿠로세가 보여 준 스마트폰의 라인 화면에는 다음과 같은 메시지가 와 있었다.

쿠지바야시 하루쿠

답신이 늦어서 죄송합니다.

할아버님께서 별세하신 것에 삼가 고인의 명복을 빕니다.

오랫동안 함께 살고 계시던 가족분과의 이별에, 필시 낙심하고 계신 건 아닐지 염려가 되네요.

저 같은 타인이 어떤 말을 보내야 위로가 될지, 서툰 위로가 오히려 무신경해 보이는 건 아닐지 싶어…… 답신할 내용을 고민하는 사이 이틀이 지나고 말았습니다.

무시했던 건 아닙니다.

오히려 이렇게 괴로울 때는 제 쪽이 무시당해야 마땅하지요.

그렇게 한창 슬픈 와중에도 연락을 주신 당신의 온정에 보답할 말을 보내고 싶었습니다만, 허무하게도 이루어지지 않아, 조잡한 문장으로 눈을 더럽히게 된 저를 용서해 주십시오.

지금은 하루라도 빨리 마음이 평안해지시기를 기도하고 있습니다.

"쿠지바야시답네……."

이런, 제대로 된 성인이 편지에서나 적을 듯한 문장을 라인으로 아무렇지 않게 적어 버릴 수 있다는 게 굉장하다고 순수하게 감탄했다.

속마음을 진솔하게 드러낸 것처럼 보이는 답신의 내용을 나는 매우 긍정적으로 받아들였지만 쿠로세에게는 어땠을까?

그 대답은 스마트폰 화면을 바라보는 그녀의 표정으로 알 것 같은 기분이 들었다.

쿠로세는 입가에 흐뭇한 미소를 짓고 있었다.

"……이 사람은, 마음이 다정한 사람이네."

그렇게 말하며 여전히 계속 바라보고 있던 스마트폰 화면을 살며시 쓰다듬듯이 스크롤했다.

"그렇게 생각해 주는 건 쿠로세가 다정하기 때문이야."

내가 말하자 쿠로세는 나를 보더니 장난스레 미소를 지었다.

"카시마 정도는 아냐."

분위기가 괜찮았기에 좀 더 심층적인 질문을 해 보자고 생각했다.

"……쿠지바야시한테 '사귀자'는 말을 들으면 쿠로세는 어떡할 거야?"

내 질문에 쿠로세는 재미있는 말을 들었다는 듯이 미소를 지었다.

"그런 말을 할 사람일까? 상상도 안 되는데."

"그런가?"

"……상상도 안 되니까, 내가 어떤 감정을 느끼게 될지도 모르겠어."

쿠로세는 그렇게 말하며 스마트폰을 내려놓고는 다시 옆에 있던 술잔으로 시선을 떨궜다.

"그래도 아마…… 불쾌한 기분은 들지 않을 거라고 생각해."

그 입가에는 아까처럼 미소가 담겨 있었다.

검은 머리를 한데 묶은 헤어스타일에 온통 검은색인 상복. 쿠로

세에게는 검은색이 잘 어울린다. 이 아름다운 옆얼굴에 어린 다정한 미소를, 쿠지바야시에게 보여 주고 싶다고 생각했다.

"……미안, 기다렸지."

그때, 드디어 루나가 돌아왔다.

"너무 우는 바람에 파데가 다 벗겨져서, 계속 수정했는데도 수습이 안 되더라고."

"나도 그래. 내일도 있으니까 오늘은 라이랑 같이 이만 돌아갈게."

루나의 언니도 다가와 루나와 마주 포옹하며 서로를 위로했다.

"류토 씨."

그때 라이온 씨가 내게 말을 걸어 왔다. 오늘은 계속 루나의 언니를 위로하는 역을 맡고 있었기에 좀처럼 제대로 인사할 기회가 없었다.

"나중에 카나가와 쪽으로 올 일이 있으면 꼭 가게에 들러 주세요. 류토 씨한테는 얼마든지 대접해 드릴 테니까요."

"라이온 씨가 만들어 주시는 건가요?"

"네. 요즘 조금씩 메뉴들을 배우고 있는 참이에요. 외삼촌만큼 잘하지는 못하지만 괜찮으시면 제가 만들게 해 주세요. 키티한테는 좋은 평가를 받았으니까, 맛이 없지는 않을 거라고 생각해요."

"고맙습니다, 기뻐요."

카나가와 쪽으로 갈 기회는 좀처럼 없을 것 같다고 생각하면서도, 라이온 씨의 마음은 기뻤기에 감사 인사를 했다.

그렇게 루나의 언니와 라이온 씨가 돌아가고, 나와 루나도 집으로 돌아가기로 했다. 쿠로세는 어머니 쪽 친척들과 끝까지 남아 있을 것이었다.

◇

집으로 돌아가는 전철에서도 루나는 거듭 손수건으로 눈과 코를 눌렀다.

자택에서 가장 가까운 역에 도착하자 비는 멎어 있었다. 노면은 흠뻑 젖어 있어서 걸을 때마다 신발에서 물이 튀길 정도였지만, 우산을 쓰지 않고 걸을 수 있다는 것만으로도 조금은 편했다.

쓰야는 저녁부터 시작돼서 지금은 이미 완연한 밤이 되어 있었다.

큰길을 따라 난 인도를 걸으며 루나는 손수건을 입가에 대고 누른 채 코를 훌쩍거렸다.

"……마리아도 엄마도 할머니도, 이렇게 울지는 않았지."

"……그러게."

듣고 보니 그랬던 것 같다. 외할아버지와 가장 가깝게 지냈던 가족이라 슬픔은 제일 깊을 텐데도 생각해 보면 신기했다.

"분명 그 세 사람은 마음의 준비가 되어 있었을 거라고 생각해. 계속 같이 지냈으니까…… 몸과 마음 모두 약해져 가는 할아버지를, 계속 옆에서 지켜보고 있었으니까."

"……그렇구나……."

"나한테는 갑작스러운 이별이었지만…… 세 사람은 이렇게 되기 전에 자기 안에서 조금씩 할아버지와 작별할 준비를 하고 있었겠지."

눈물을 참으며 루나가 그렇게 말했다.

"얼마 전에 마지막으로 병원에 문병을 갔을 때 할아버지는 이미 내가 알고 있던 할아버지가 아니었어. 하지만 난 그걸 받아들일 수가 없어서, 다시 건강해져서 예전처럼 다 함께 식탁을 에워싸고 단란한 시간을 보낼 날이 올 거라고 기대했지만…… 이렇게 돌아가시고 나니까, 그게 이제는 영원히 이루어질 수 없다는 걸 알게 돼서, 이렇게 슬퍼하고 있어."

첨벙거리는 소리가 나는 발밑을, 빨갛게 부은 눈으로 쳐다보며 루나는 그렇게 말했다.

"나도 세 사람처럼 할아버지 옆에 있고 싶었어."

이를 악물듯 중얼거리며, 루나는 아주 잠시 내게로 시선을 보냈다.

"나…… 아빠한테 맡겨졌다는 말을 들었을 때, 사실은 굉장히 쇼크를 받았어."

루나의 시선 끝이 닿은 발밑을 보면서, 나도 루나의 심경을 상상하며 침울한 기분을 느꼈다.

"제일 좋은 건 여태까지처럼 다섯 명이 함께 사는 거지만, 그게 만약 이뤄지지 않는다면…… 엄마랑 외갓집에서 살고 싶었거든."

끝내 참지 못한 듯이 루나가 눈물을 흘리며 얘기했다.

바로 옆을 자전거가 지나간다. 가게도 별로 없는 으슥한 길은 평소라면 마음을 불안하게 만들었겠지만, 지금만은 그래서 다행이라고 생각했다.

“친할머니는 밝고 즐거운 사람이지만, 우리가 어렸을 적부터 자주 얼굴을 봤던 건 외할머니랑 외할아버지였으니까.”

그러고 보면 나도 굳이 말하자면 외할머니 쪽에 친근감을 느끼니까, 그건 손자 손녀에게는 흔한 일일지도 모르겠다.

루나의 독백이 이어진다.

“‘떨어져 있어도 이어져 있다’고 어딘가에서 들은 광고 카피 같은 말은 듣기에만 좋은 소리라고…… 함께 있지 않으면 알 수 없는 것도 있다고. 쓰야에서 울지 않는 마리아를 보면서 나랑은 다르다는 게 느껴져서…… 엄청 슬펐어. 그래서 지금, 이렇게 울고 있는 거라고 생각해.”

“……루나에게도 같이 지내 온 가족이 있어. 소중한 가족이. 아버지랑 할머니…….”

보다못해 나는 말했다.

“미스즈 씨, 하루나랑 하루카가.”

“……그렇지.”

루나는 살짝 미소 지었다.

“그리고, 지금은…… 류토.”

그렇게 말하고는 나를 바라보며 눈을 가늘게 뜬다.

“류토가 가장 소중한, 내 가족이야.”

“루나…….”

"나는, 류토랑 계속 함께 있고 싶어. 소중한 사람과는 계속 가까이에 있어야 한다는 걸…… 오늘 이렇게 할아버지가 나한테 가르쳐 준 것 같다는 기분이 들어."

눈가에 어린 눈물을 손끝으로 닦아내며 루나가 그렇게 말했다.

"하지만 류토가 꿈을 포기하길 바라지는 않아. 나도 내 꿈을 포기하고 싶지 않고. ……그럼, 어떡해야 좋은 걸까?"

그게 루나의 지금 생각인 듯했다.

"할아버지는 행복했을 거야. 할머니랑 결혼해서 40년 넘게, 끝까지 계속 함께할 수 있었으니까."

발밑의 한 점을 응시한 채로 걸으며 루나는 말했다.

"나도, 류토랑 계속 함께 있고 싶어."

그리고는 잠시 나를 바라본 뒤 눈을 돌리고는 어찌할 바를 모르겠다는 듯이 중얼거렸다.

"하지만 어떡해야 좋은 걸까……."

그에 대한 답은 내 안에도 아직 없었기에.

비가 그친 밤길을 말없이 걸으며, 루나의 목소리가 계속 귓전에 맴도는 것을 느끼고 있었다.

◇

다다음 날, 오랜만에 쿠지바야시와 밥을 먹었다. 쿠지바야시의 제안으로 내 알바가 끝나고 난 뒤 이이다바시의 패밀리 레스토랑에서 저녁 식사를 하게 됐다.

대학에서도 만날 기회는 있지만, 필시 쿠로세가 마음에 걸려서 일부러 제안한 것이리라. 그런데도 쿠지바야시는 좀처럼 쿠로세 얘기를 꺼내지 않았다.

식사를 마치고 드링크 바에서 커피를 가져와 마시고 있었을 때, 나는 결국 기다리다 지쳐 먼저 화제를 꺼냈다.

"……쿠로세한테, 데이트를 신청할 생각은 없어?"

두 사람이 원하는 관계가 '친구 상태를 유지하는 것'이라면 지금 이대로도 상관이 없겠지만. 아마 사실은 그렇지 않으리라는 것을 나는 각자와 얘기하며 피부로 느끼고 있었다.

"쿠로세가 만약 쿠지바야시에게 고백을 받는다면 '불쾌한 기분은 들지 않을 거라고 생각한다'던데?"

그 말을 들은 쿠지바야시의 얼굴이 귀에서 목에 걸쳐 확 붉어졌다. 패밀리 레스토랑의 조명이 밝은 덕에 세세한 변화도 빠짐없이 확인할 수 있었다.

"……."

"뭐?"

쿠지바야시가 무어라 웅얼거리고 있지만 알아들을 수가 없어 되물었다.

"……귀군, 괜한 소리를 하지 마시오……."

간신히 내 귀에 닿는 성량으로 쿠지바야시가 그렇게 말했다.

"아니, 알고 있으면 자신감을 갖고 다음 행동에 나설 수 있을까 해서. 여기까지 들어 놓고 반대로 왜 고백을 안 하는 거야?"

"……말도 섞어 본 적 없는 여자를 불러내 고백할 수 있는 귀군은 소생의 유리 세공품처럼 섬약한 마음을 평생 알지 못할 것이오."

"아니, 그건 벌칙 게임이었으니까……!"

사람을 무슨 고백 테러 상습범처럼 말해서 저도 모르게 변명했다. 루나와 사귀게 된 계기는 쿠지바야시에게도 털어놓은 바가 있다.

"그런 나라도 OK를 받았잖아. 내가 루나한테 고백했을 때랑 다르게 쿠지바야시랑 쿠로세한테는 라인으로 메시지를 주고받는 중이라는 관계도 있고, 내가 보기엔 한없이 승리 확정으로 보이거든?"

"소생은 귀군만큼 낙관적이지 않소."

"그럼, 구체적으로 뭘 우려하는 건데?"

반쯤 어이없어하며 묻자 쿠지바야시는 고개를 숙인 채로 대꾸했다.

"……소생은 열심히 운동하지도 않았고, 달리기 속도도 평범하고……."

"초등학생이 아니니까, 그게 여자애한테 인기를 얻는 요소의 전부는 아냐."

진지하게 말하고 있는 거라면 미안하지만, 저도 모르게 웃음이 터지고 말았다.

그러자 쿠지바야시는 발끈한 표정을 짓더니 입을 열었다.

"사랑은 자칫하면 상실해 버릴 수도 있다오."

"……그건 누가 한 말이야?"

"쿠지바야시 하루쿠라오."

창작이냐고. 위인의 명언처럼 발표한 게 우스워서 나는 살짝 웃었다.

"그래도 나는 상실하지 않는 사랑도 있다고 생각하는데?"

"그건 견해의 차이겠구려."

"그렇습니까……."

이제는 쓴웃음을 지을 수밖에 없다.

"하여 귀군, 사랑을 상실하지 않는 제일 좋은 방법이 무엇인지 아시오?"

"어? 으음……."

잠시 고민해 볼까 했지만 내 보잘것없는 머리로는 쿠지바야시가 내놓을 답에 도달하지 못할 것 같았고, 애초에 그와는 '견해의 차이'가 있었기에 얌전히 물어보기로 했다.

"뭔데?"

쿠지바야시는 살짝 으스대더니 입을 열었다.

"……사랑을 얻는 데 뜻을 두지 않는 것이라오."

그 대답에 나는 조금 생각했다.

"얻으려고 하지 않는 걸로 상실할 사랑이 없어지는 거야?"

내 물음에 쿠지바야시는 완고한 표정으로 대답했다.

"얻지만 않으면 그건 원래부터 존재하지 않았던 것과 진배없소."

그런가, 라고 생각했다.

—이 사람은, 마음이 다정한 사람이네.

그렇게 말했을 때 쿠로세가 지었던 미소를 떠올린다.

—귀군, 괜한 소리를 하지 마시오…….

조금 전 쿠지바야시의 빨개졌던 얼굴도.

두 사람 사이에서는 아마도 틀림없이 모종의 애정이 자라고 있다. 그게 친구로서의 애정인지, 인간적인 호감이라고 바꿔 말할 수 있는 것인지, 아니면 어엿한 연애 감정인지는 제삼자인 내가 경솔하게 판단할 수 있는 게 아니지만.

그 애정을 좀 더 크게 키울지 처음부터 없었던 걸로 치고 상실해 버릴지는 앞으로 두 사람이 어떻게 하느냐에 달려 있다.

연애에 서툰 것도, 타고난 외모를 필요 이상으로 꾸미지 않는 소박한 성격도, 생각할수록 잘 어울리는 두 사람이기에 가능하면 앞으로도 계속 관계를 이어갔으면 좋겠다고, 일개 친구로서는 무책임하게 생각했다.

그리고 나 자신도 남의 일을 웃으며 지켜볼 수 없는 처지에 있었기에.

—사랑은 자칫하면 상실해 버릴 수도 있다오.

"……."

쿠지바야시와 헤어져 혼자 전철을 타고 나서 나는 루나를 생각했다.

우리들의 사랑이 상실될 날은 오지 않는다.

……고 생각한다.

하지만.

두 사람의 미래는 아직 보이지 않는다.

"……후우……."

불현듯 상념에서 벗어나자 살짝 크게 한숨을 내쉬고 있어서, 황급히 정신을 차리며 전철 안에서 좌우를 둘러보고 말았다.

그러고는 밤의 어두운 차창에 비친 제 얼굴이 어쩐지 평소보다 피곤해 보여서, 복잡한 심경으로 전철의 진동에 몸을 맡겼던 것이었다.

제4.5장 루나와 니콜의 긴 전화

"……그런 일이 있었구나. ……힘들었겠네."

"응……. 할아버지 일도 그렇지만, 나, 류토가 외국으로 가는 게 쇼크라서."

"인도네시아라고 했던가? 거기가 어디야? 인도랑은 다른 데야? 어느 쪽 방면인데?"

"지도로 검색해 봤는데 오키나와보다 훨씬 남쪽이었어……. 일본이랑 오스트레일리아 사이."

"설마 동남아시아야?"

"맞아……. 류토랑 신혼여행을 떠나는 망상을 했을 때 이것저것 검색해 보다가 완전 휴양지로 좋겠다고 생각했던 발리섬이 있는 나라래."

"웃긴다, 신혼여행 망상!"

"헐, 그런 거 안 해?"

"하지! 그래서 우스웠던 거야. 다들 하는구나 싶어서."

"……그건, 세키야 씨랑 사귀었을 때?"

"……응, 맞아."

"그렇겠지……."

"내 일은 상관없어. 지금은 루나 얘기 중이잖아?"

"그래도, 얼마 전에, 니시나랑 얘기할 거라고 말했잖아? 했어?"

"응, 아직. ……타이밍이 좀 안 맞더라고. 그쪽도 학원이랑 알바로 바쁜 듯해서."

"학원?"

"맞아. 너도냐고! 라는 느낌이지만 말이지."

"무슨 학원인데?"

"법과 대학원…… 이라고 하나? 변호사가 되기 위한 학교에 들어가기 위한 학원이래."

"그렇구나……."

"……나는 딱히, 렌이 변호사가 되길 바라는 건 아니니까, 그게 렌이 정말로 하고 싶은 일이라면 상관없지만……."

"아니래?"

"사귀기 전에 그렇게 말했거든. 루나도 듣지 않았어? '의사에 대항하려면 변호사'라는 말……."

"아, 세키야 씨가 의사가 될 거니까……?"

"맞아. 뭔가 그런 이유로 변호사가 되려는 거면 그러지 말라는 느낌이 든달까. 나는 선배가 미래의 의사라서 좋아하게 된 게 아니라고."

"그렇긴 하지……."

"오히려 평범한 대학생인 편이 나았어……. 그랬으면 4수할 필요도 없이 들어갈 수 있었을 테고, 둘이서 좀 더 많이 즐겁고 다양한 추억을 만들 수 있었을 테니까."

"그랬다면 여전히 사귀고 있었을지도 모르겠다……. 홋카이도에 안 가도 돼서."

"……."

"앗, 미안. 괜히 쓸데없는 얘기를 해서……."

"괜찮아. 나도 몇 번을 했는지 알 수 없는 생각이니까."

"……."

"루나야말로, 카시마 류토랑 제대로 얘기 안 할 거야? 인도네시아에 갈지 안 갈지 말이야."

"음……."

"왜 그래?"

"나, 류토랑 이런저런 일을 겪으면서…… '이제부터는 뭐든지 같이 얘기해서 해결해 나가자'고 생각했는데."

"응."

"얘기하지 않아도, 전달되는 것도 있다고 할까……."

"응?"

"류토가 생각하는 걸, 알 수 있어. 류토는 이미 인도네시아로 가려고 결심했어. 그 정도로 그 일을 하고 싶은 거겠지. 류토의 눈을 보고 알았어."

"흐음."

"그래서 류토는 틀림없이 내가 따라와 주기를 바라고 있을 거라고 생각해……. 하지만 얘기를 나눴다간 분명 '루나가 하고 싶은 대로 해도 괜찮다'고 말하겠지."

"그렇겠지."

"나는 류토랑 함께 있고 싶고, 일본에서 보육교사가 되고 싶어……. 하지만 어느 쪽도 고를 수가 없어. 그도 그럴 게 류토는 인도네시아에 가기로 마음먹었으니까."

"그렇구나……."

"몇 년을 떨어져 있게 될지도 모르는데…… 그런 상황에서 내가, 일본에서 혼자, 활기차게 일을 하면서 지낼 수 있을까?"

"루나……."

"그래서 얘기를 나눠 봤자 소용이 없는 거야……. 내가 외로움을 견딜지, 아니면 꿈을 포기할지…… 이건 이미 그런 문제니까. 하지만 난 꿈을 포기하고 싶지 않아. 그리고 그렇게 되면 류토와 떨어져 일본에서 기다리는 선택지밖에 없어서, 어떻게 해야 할지 모르겠어……."

"……."

"……니콜?"

"응, 듣고 있어. ……잠깐 생각에 빠져 있었어."

"생각?"

"……나는 솔직히 말하자면, 루나가 일본에 남았으면 좋겠어. 바로 만날 수 없는 거리에 있는 곳으로는 가지 않았으면 좋겠어."

"……응."

"……하지만…… 나는…… 계속 후회하고 있어……."

"뭐?"

"……그때 선배를 따라서, 홋카이도로 가지 않았던 걸…… 지금도, 계속."

"니콜……?"

"……이제야, 겨우 알았어. 나는…… 틀린 선택을 했던 거야. 그치만 이상하잖아? '아직도' 계속 후회하고 있다니……. 나한테는 이미 렌이라는 남자 친구가 있는데."

"……."

"나는 그때, 렌에게로 도망쳤던 거야……. 렌의 다정함에……."

"……."

"나는 사실…… 선배와 헤어졌을 때 외톨이가 됐어야 했어……. 혼자 남아서, 너덜너덜해져서, 실연의 아픔을 뼈저리게 실감하고……. 거기서부터 다시 일어섰어야, 새로운 사랑을 시작할 수 있었던 거야, 분명."

"……니시나는, 사랑할 수 없었어?"

"좋아는 하지. 계속……. 그래서 괴로운 거고……."

"……."

"하지만 나의 '사랑'은…… 내가 사랑하는 사람은, 22년 인생 속에서 오로지 한 사람, 선배뿐이었어."

"……니콜……."

"잠깐만, 왜 루나까지 우는 거야……."

"그치만…… 마음이 아파. 그 뒤로 벌써 1년 반이나 지났는데……."

"그러게 말이야. 왜 이제야 깨달은 걸까. ……정말 우스워. 렌한테도 지독한 짓을 했어."

"니콜……."

"……렌한테 사과해야겠어. 미안한 짓을 했다고……. 겨우, 확실히 깨달았어. 내가 렌한테 정말로 해야 하는 말이 뭔지."

"……응……."

"그때 나에게 주어진 시간은 너무 짧았어. 홋카이도에 갈지, 도쿄에 남을지…… 그런 중요한 결단을 한순간에 내릴 수는 없었어."

"응……."

"그래서 틀렸어. 잘못된 결단에 렌을 끌어들였어. ……렌의 인생을 뒤틀리게 만들었을지도 몰라. 아무리 사과해도 부족하겠지……."

"안 그래, 니콜……. 계속 짝사랑했던 니콜과 연인이 될 수 있어서 니시나도 행복했을걸? 그러니까, 그렇게 자신을 나무라지 마……."

"……루나……."

"응……?"

"루나는, 틀리지 말았으면 좋겠어……. 결단의 타임 리미트는 언제야?"

"……류토는 7월에 고용계약을 할 거라고 했어."

"그럼, 아직 한 달 정도 생각할 시간이 있을지도 모르겠네."

"응……."

"나는 그때 엄마나 친구들이랑 떨어져 지내는 걸, 도쿄에서 확정

돼 있던 일을 포기하는 걸 선택하지 못했어. 그래도 곰곰이 생각해 보면 일은 홋카이도에서도 할 수 있었을지도 몰라. 가까운 사람들과도…… 떨어져 있어도 여전히 친하게 지내는 게 가능했을지도 모르고. 그러니까, 루나는 제대로 알아보고 고민한 뒤에 결단을 내려. 자기한테 뭐가 제일 소중한 건지 잃어버리지 마."

"……알았어."

"루나는 후회하지 않을 길을 택했으면 좋겠어……. 어느 쪽을 택하든 나는 루나를 응원할 테니까."

"응. ……고마워, 니콜."

"나야말로 고마워. 루나 덕분에 중요한 걸 깨달았어."

그렇게 전화를 마친 뒤, 루나는 류토에게서 온 메시지를 보았다. 그곳에는 '방금 쿠지바야시랑 헤어지고 전철을 탔다'는 연락이 와 있었다.

루나는 메시지를 읽으며 미소를 짓고는, 스마트폰을 가슴에 안고서 크게 한숨을 내쉬며 천장을 올려다보았던 것이었다.

제 5 장

루나의 외할아버지의 쓰야에 다녀온 뒤로 나는 계속 루나와의 미래에 대해 고민하고 있었다.

—할아버지는 행복했을 거야. 할머니랑 결혼해서 40년 넘게, 끝까지 계속 함께할 수 있었으니까.

—루나는 밝고 즐거운 아이지만, 남들의 몇 배로 외로움을 타. 이미 알고 있잖아? 그러니까, 카시마랑 같이 살 수 있게 돼서 정말 잘됐다고 생각하고 있어. 이제 더는 외로움을 느끼지 않아도 되니까.

루나를 외롭게 만들고 싶지 않다.

그와 동시에 루나와 떨어지게 되면 외로워질 사람은 누구보다 나 자신이라고 생각했다.

동거하기 전에는 자신이 이렇게 루나를 원하고 있었다는 걸 알아차리지 못했다.

"어서 와~!"

그렇게 말하며 실내복에 앞치마를 두른 채 마중을 나와 줘서 기뻤고, 저녁 식사가 이미 차려져 있을 때는 갓 만든 따끈한 밥을 먹을 수 있어서 기뻤고, 요리하는 도중이었을 때는 같이 부엌에 설 수 있어서 즐거웠다.

내 쪽이 일찍 귀가했을 때는 집에 도착해서는 조금 외롭지만, 루나를 위해 목욕물을 데우거나 서툰 요리에 악전고투하는 것도 루나를 생각하며 지낼 수 있는 시간이라 나쁘지 않았다.

"다녀왔어!"

아무 생각 없이 요리를 하고 있다 보면 루나가 등 뒤에서 끌어안을 때도 있었다.

"우왁!"

집에 나 혼자뿐인 줄 알았기에 심장이 튀어나올 만큼 놀랐다.

"루나……! 어서 와……."

"아하하, 놀라게 해서 미안~! 류토가 요리에 몰두하느라 전혀 눈치를 못 채길래."

그렇게 말하며 루나가 내 손이 움직이는 쪽을 기웃거렸다.

"……혹시 돼지고기 감자조림을 만들려고 하는 거야?"

나는 냄비에 감자와 당근, 양파와 얇게 썰린 소고기를 넣고 멘쯔유*를 부어 끓이고 있었다. 추리하기는 쉬웠을지도 모르겠다.

보글보글 끓는 소리와 환기팬이 돌아가는 소리가 현관문이 열린 것을 알아차리지 못했을 만큼 내 청각을 지배하고 있었다.

"응. 고2 여름에 사요 씨네 집에서 만들었던 걸 떠올리면서……."

"헐, 역시 류토, 기억력 좋다! 난 그때 만들었던 레시피가 뭐였는지 이미 까먹었는데~!"

"나도 어렴풋이 기억하는 거라서 제대로 될지는 모르겠지만."

내가 난처하게 웃으며 말하자 루나가 냄비를 들여다보았다.

* 일본식 간장 소스.

"엇, 그래도 맛있을 것 같은데? 살짝 맛봐야지~♡"

루나는 그렇게 말하더니 싱크대에 놓인 식기 건조대에서 스푼을 꺼내 소고기와 양파가 붙어 있는 감자 한 조각을 냄비에서 떴다.

"후~, 후~."

감자를 정성껏 불어 식힌 뒤, 루나는 그것을 한입에 먹었다.

나는 한쪽 뺨을 부풀린 채 입을 오물거리는 루나를 보며 긴장되는 순간을 기다렸다.

"……응! 류토가 만든 돼지고기 감자조림 마히허~!"

헤실거리며 웃는 루나를 보며 내 얼굴도 빙그레 웃음을 띠었다.

"다행이다. 그럼 슬슬 불을 끌까. 식었을 때 간이 배서 더 맛있어진다고 했어."

"그렇구나~, 얼른 먹고 싶은데 말이야~."

"목욕물도 데워 놨는데, 어느 쪽을 먼저 할래?"

"와, 고마워!"

두 손을 맞대며 기뻐한 루나가 그대로 턱 밑에서 양손을 깍지 낀 채 나를 올려다보았다.

"……그럼, 같이 목욕할까요♡"

그 치켜뜬 눈에 녹아웃 당한 나는 칠칠치 못한 얼굴로 고개를 끄덕였다.

"응."

돼지고기 감자조림은 너무 식으면 다시 데우면 된다고 생각했다.

루나와 보내는 일상은 즐겁다.

학교에 제출해야 할 레포트가 쌓여 있어도 알바로 녹초가 돼 있어도.

하루의 끝에 루나와의 시간이 있으면 이겨낼 수 있다.

오히려 동거 전까지는 어떻게 매일을 이겨냈던 건지 이해가 되지 않았다.

그런 생각이 들 만큼 루나와 함께하는 한때는 나에게 없어서는 안 될 힐링의 시간이 되어 있었다.

그 사실을 실감할수록 다가오는 결단의 순간을 앞에 두고 어떤 선택을 해야 좋을지 망설이게 된다.

"있지, 류토. 오늘 밤, 사요 할머니 집에 자러 가도 될까?"

어느 토요일 아침, 출근 전에 루나가 말했다.

"어? 상관은 없는데, 갑작스럽네."

"응, 방금 막 그렇게 할까 하는 생각이 들었거든."

"사요 씨한테, 무슨 일이라도 생겼어?"

장례식 때 사요 씨가 보였던 약해진 모습을 떠올리며 묻자, 루나는 느릿하게 고개를 가로저었다.

"……할아버지의 장례식 뒤로 사요 할머니가 어쩐지 기운이 없대. 마오한테 오늘 아침 연락이 왔어."

"어디 몸이라도 편찮으신 거야?"

"아니. 몸은 건강한 것 같은데…… 마음이. 증조할아버지가 돌아가셨을 때 생각도 나고, 할머니가 안쓰러워서 침울해지신 것 같아."

"그렇구나……."

그건 걱정스러웠다. 사요 씨가 건강 체질이라고는 해도 고령이라, 사소한 심경이나 환경의 변화가 몸에 안 좋은 영향을 미칠지도 몰랐다.

"나도 최근엔 전혀 치바에 가지 않았고, 얼마 전에도 별로 얘기를 나누지 못했으니까, 잠깐이라도 얼굴을 보고 대화 상대가 돼 드리면 조금은 기운을 차리실지도 모른다는 생각이 들어서."

"그렇구나."

그런 일이라면 꼭 위로하러 가 줬으면 좋겠다고 생각했다.

"사요 씨랑 마오 씨한테 안부 전해줘."

"마오는 오늘부터 여행을 떠난대. 그것도 있어서 나한테 연락을 한 거라고 생각해. 혼자 놔두는 게 걱정될 정도일지도 몰라."

"아, 그랬구나……."

"미안해, 내일은 모처럼 쉬는 날인데, 내가 없어서……."

"아냐, 괜찮아."

사실은 서운하지만, 루나가 기분 좋게 집을 비울 수 있도록 나는 미소 지었다.

내일은 한 달에 한 번뿐인 루나가 완전히 쉬는 날이라 딱히 일정을 잡진 않았지만 하루 종일 같이 지낼 수 있을 거라고 생각했기에 더더욱 아쉬웠다.

"내일은 몇 시에 돌아올 거야?"

"으음, 정하진 않았지만 어두워지기 전에는 돌아오고 싶어. 월요일부터 학교니까."

"알았어."

그럼 저녁은 같이 먹을 수 있을지도 모른다고 생각했지만, 사요 씨의 상태에 따라서는 늦어질 수도 있었기에 귀가 시간으로 압박감을 느끼지 않도록 그 얘기는 꺼내지 않았다.

"있지, 류토?"

짐을 들고 현관으로 향하는 루나를 배웅하려는데, 현관 바로 앞에서 루나가 뒤돌아섰다.

"……나, 제대로 생각하고 있으니까."

루나는 그렇게 말하며 미소 지었다.

"류토랑 떨어지기 싫지만, 류토의 꿈도 응원하고 싶어. 류토는 내 꿈을 응원해 줬으니까."

그 말에 인도네시아행 얘기를 하고 있다는 걸 알았다.

"응, 고마워."

나도 마주 미소를 지어 주긴 했지만, 살짝 어색한 분위기가 감돌았다.

이런 상태로 루나를 배웅하고 싶지는 않아서 나는 밝은 화제를 찾았다.

"다음 주 토요일이 생일이지. 뭐 갖고 싶은 거라도 있어?"

대놓고 물어보는 건 촌스럽다고 생각했지만, 내 머리로는 슬슬 아이디어도 떨어져 가고 있었다.

"아, 정말이네! 벌써 다음 주야? 빠르다아……."

루나는 그렇게 말하며 감개무량한 얼굴을 했다.

"사귀고 나서 6번째로 맞는 생일인가……. 우리들, 벌써 5년이 넘게 함께 있었네."

"그러게……."

벌써 6번째인가. 그런 거면 내 수용 능력으로는 아이디어가 동이 날 만도 하다고, 나는 진지하게 생각했다.

"……류토가 인도네시아로 가는 건, '내년'이라고 했지?"

루나가 불쑥 그렇게 말해서, 나는 정신을 차렸다.

"으, 응."

그 화제에서 멀어지려고 했건만 돌아와 버린 것에 당황하고 있는데, 루나가 고개를 숙이며 말했다.

"웹으로 검색해 봤더니 '몇 년'은 보통 2, 3년을 말한대."

"응……."

그건 나도 들어 본 적이 있는 듯하다. 후지나미 씨가 그럴 생각으로 발언했는지 아닌지는 알 수 없지만.

"……2, 3년이면, 우리들이 여태껏 사귀어 왔던 시간보다 훨씬 짧으니까…… 우리들이 만약 떨어져서 지내게 되더라도, 그동안 자라난 유대가 두 사람을 지탱해 주겠지."

"엇……."

그 말은, 그러니까.

루나는 일본에 남을 생각인 걸까? 내가 루나의 소중함을 실감하고 있는 사이에, 루나는 그럴 결의를 다지고 있었던 걸까?

말문이 막힌 내게 얼굴을 든 루나가 환한 미소를 보였다. 억지로 무리하고 있는 듯한 얼굴이었다.

"류토는 좋아하는 곳에서 일해도 돼. 난, 일본에서 기운차게 기다리고 있을 테니까."

그렇게 말하더니 루나는 미소를 남긴 채로 내게서 등을 돌리며 구두를 신었다.

"……."

아무런 말도 할 수가 없었다.

인도네시아에 가고 싶다고 말한 사람은 나인데도.

"……그럼, 다녀올게."

뒤돌아보며 그렇게 말한 루나의 얼굴에는 외로움이 배어 있었다. 그 사실에 위안을 느낀다.

내 얼굴을 몇 초간 바라보던 루나가, 불현듯 애달픈 기색으로 눈을 찡그렸다.

"……그런 얼굴 하지 마. 우리들이라면 괜찮을 테니까."

그렇게 말하며 한 걸음 다가와 내 두 뺨에 손을 댔다.

"류토, 정말 좋아해……."

한숨 같은 목소리로 속삭이며, 루나가 내 입술에 자신의 입술을 포갰다. 힐을 신은 그녀의 얼굴은 맨발인 나와 가까운 거리에 있어서, 나는 루나의 등을 꽉 안았다.

늘 하던 잘 다녀오라는 인사가 오늘은 이별의 키스처럼 느껴진다.

입술을 뗄 때, 몰캉거리고 끈적한 감촉이 실처럼 이어지는 듯한 느낌을 받았다. 출근용으로 빈틈없이 화장을 하고 있는 루나의 립글로스 때문이리라.

"……."

지근거리에서 서로를 응시한다.

루나는 여전히 아름답다. 5년 전보다 더 빛을 발하고 있다.

루나는 시선을 맞춘 재 미소 지었다. 나를 안심시키려는 듯 여신처럼 자애로운 미소다.

"다녀올게."

다시 한 번 그렇게 말하며 루나는 아쉬운 기색으로 내게서 등을 돌렸다.

"응. ……다녀와."

다음에 얼굴을 보는 건 아무리 빨라도 30시간 이후가 될 것이다.

그게 미치도록 기다려지는 건, 한창 동거 생활의 단꿈에 빠져 있기 때문일까.

아니면 이후에 기다리고 있을지도 모를 몇 년의 이별을 의식하고 말았기 때문일까.

나는 루나의 모습을 감추며 닫힌 현관문을 응시한 채로, 그 자리에서 한참을 움직이지 못했다.

"……."

불현듯 입가에서 위화감이 느껴져, 나는 입술 위아래를 맞대고 문질렀다.

이 얼얼하면서 화한 감각은 전에도 느꼈던 기억이 난다.

그때 테이블 위의 스마트폰이 진동하는 소리가 났다.

걸음을 옮겨 스마트폰을 보자 루나에게서 메시지가 와 있었다.

류토, 미안!

오늘 딴생각을 하면서 화장을 하느라 실수로 맥시마이저를 발라 버렸어.

입술이 따갑지 않아?

"아……."

그렇다, 그 위화감이다.

집구경을 다니던 때의 기억이 떠올랐다. 옷방에서 키스한 뒤 받았던 화한 느낌도 동일하다.

괜찮아. 다녀와.

그렇게 메시지를 보내자 루나에게서 바로 답신이 왔다.

바로 닦아내고 립 크림을 바르면 좀 괜찮아질지도 몰라!

그 메시지에 '알았어, 고마워.'라고 답장을 하고 나서도 나는 한동안 입술을 닦으려 하지 않았다.

루나를 느끼고 싶다.

따끔거리는 채로 있고 싶다.

마음속까지 얼얼하게 만들어 줬으면 좋겠다.

멀리 바다로 가로막힌 곳에서는, 이런 아픔도 맛볼 수 없을 테니까.

◇

그날 밤은 평소보다 일찍 침대에 누웠다.

혼자 있으니 식사도 목욕도 금방 끝나 버려서 할 일이 없었던 것도 있다.

루나와는 휴일 전날에 자주 둘이서 영화를 봤다.

소파에 나란히 앉아 분위기를 내려고 팝콘과 콜라 따위를 준비해서.

러닝타임이 긴 영화면 도중에 잠들어 버리기도 하고, 달라붙어 있는 사이에 스킨십이 시작돼서 영화를 볼 상황이 아니게 되어 나중에 다시 같은 영화를 보는 일이 생기기도 했지만.

여태껏 살아오면서 이렇게 영화를 볼 일이 없었던 나였지만, 루나가 화제작이나 명작을 골라 줘서 최근엔 점점 영화 감상에 재미를 붙이게 됐다.

그런데도 혼자서는 볼 마음이 들지 않았다.

OTT 서비스는 루나가 구독하고 있지만 TV 리모컨을 조작하면 나 혼자서도 평범하게 볼 수 있는데도.

침대에 누워 스마트폰으로 KEN의 최신 업로드 영상을 재생했지만, 어느새 모르는 키즈들이 많아져서 이름과 아바타를 기억하는 것만으로도 진이 빠져 버렸다. 정신이 들자 나는 언제부턴가 KEN의 영상 업로드를 따라가지 못하고 있었다.

더블베드는 혼자서 쓰기엔 지나치게 넓다.

요사이 날씨가 무더워지기 시작해 깔아 놓은 쿨 매트 때문에 혼자 있는 침대가 괜히 더 싸늘하게 느껴졌다.

그 때문인지 깊게 잠을 이루지 못해서, 웬일로 새벽녘 취침 중에 소변을 보기 위해 일어났다.

밖은 이미 환해질 시간인지 커튼 너머로 희미한 빛이 새어 들어오고 있어서 실내는 완전한 암흑은 아니었다. 조명을 켜기도 귀찮아 그대로 화장실로 향했다.

그렇게 볼일을 보고 돌아가는 길, 침실로 돌아가고 있었을 때였다.

발밑이 어두워 잘 보이지 않는 와중에 휘청거리며 걷다가 실수로 뭔가를 걷어차고 말았다.

"아야……!"

그건 루나의 책상다리였다. 둘 다 학생이라 거실 양쪽 귀퉁이에 각각 책상이 놓여 있었다. 침실과 가까운 쪽에 있는 것이 루나의 책상이라 그쪽 다리에 발끝을 부딪치고 말았다.

그 충격에 루나의 책상에서 물건이 떨어졌다.

"아아…… 미안……!"

루나가 없는데도 반사적으로 사과하며 바닥의 물건을 주워 들었다.

그중 하나를 손에 들었을 때, 뭔가 위화감이 느껴져 응시했다.

그건 골판지 상자 조각으로 보였다. 어묵판 크기로 일부러 잘라낸 것인 듯하다.

"……이게 뭐지?"

쓰레기인가 싶어 쓰레기통에 버리려다, 아무 생각 없이 뒷면으로 뒤집었다.

그러자 내 눈에 들어온 건 '카시마 루나'라는 글자였다. 샤프를 이용해 직접 손으로 쓴 것처럼 가느다란 글씨다.

그것을 보자 기억이 났다.

동거 생활을 시작한 직후 루나가 이삿짐 상자에 결혼 후의 이름을 적었던 때가.

—이거, 잘라내서 보관해 둘까?

장난스레 말하던 루나를 떠올린다.

"……정말로 잘라내서 보관하고 있었구나……."

일부러, 가위로 잘라서.

"……루나……."

나는 홀로 방 안에 우두커니 서서 그 골판지에 적힌 글자를 보았다.

—……뭐랄까, 부부 별성? 같은 걸로 말들이 많지만, 역시 나는 좋아하는 사람의 성을 따르는 걸 동경하게 돼…….

—카시마 루나…… 라아.

뺨을 붉히며 기쁜 듯이 중얼거리던 루나를 떠올리자 가슴이 꽉 조여드는 것 같은 기분이 들었다.

그 미소를 몇 년이나 볼 수 없다니.

루나의 온기가 없는 침대에 매일 밤 누워 홀로 천장을 보며 눈꺼풀을 감는.

이런 밤이 수백 번이나 이어진다니, 그런 건……!

"……."

도저히 참을 수가 없어서 골판지로 된 표찰을 꽉 쥔 채, 침대 머리맡 충전 단자에 꽂아 둔 스마트폰을 확인하러 갔다.

시각은 6시. 전철은 이미 다니고 있을 시간이다.

만나러 가자.

지금 이 마음을, 루나에게 전하러 가는 거다.

완전히 각성한 나는 그렇게 생각하며 분주하게 아침 준비를 시작했다.

◇

치바에 있는 사요 씨의 집에서 가장 가까운 역에 도착한 건 10시가 지난 시각이었다.

충동적으로 여기까지 와 버리긴 했지만 지금 사요 씨 집으로 갔다간 증손녀와 증조모의 오붓한 한때에 찬물을 끼얹고 말 것이다.

당연히 루나에게 여기로 올 거라는 연락은 하지 않았다. 루나에게서도 어젯밤의 잘 자라는 메시지 이후로는 연락이 오지 않았다.

역 앞이라고는 해도 도쿄의 역 앞만큼 북적거리는 번화가는 아니다. 그래도 나는 비교적 번성한 듯한 길을 골라 어슬렁거리며 아침 산책을 했다.

개인이 운영하는 작은 음식점이나 살짝 향수가 느껴지는 정육점과 청과물점 등을 곁눈질하며 스쳐 지나가는 사람도 드문드문한 길을 걷고 있었을 때였다.

다른 점포들과는 조금 분위기가 다른 가게에 불현듯 시선이 꽂혔다.

통유리가 끼워진 서양식 외관에 미용실이나 케이크 가게인 줄 알았지만 조금 달랐다. 가게 안에는 액세서리 같은 소품들이 진열돼 있었다.

그 디스플레이가 풍기는 분위기에서 어쩐지 기시감을 느끼며 가게 앞에서 걸음을 멈췄다.

가게 입구에는 하얀 목제 간판이 걸려 있었다.

천연석과 수제 액세서리점 Artemis

"수제 액세서리……."

문득 예전에 방문했던 여름 축제의 노점이 떠올랐다.

부드러운 색조의 천 위에 일렬로 놓인 고운 빛깔의 천연석 액세서리의 분위기가 그때 그 노점과 무척 닮았다. 잠시 눈에 들어온 것뿐이지만, 그 당시 받았던 감각적이고 세련됐던 액세서리에 대한 인상은 기억에 남아 있다.

설마라고 생각하면서도 만에 하나 혹시라도 그 노점이 맞다면, 이건 그야말로 운명이라는 생각이 들어 나는 용기를 내서 가게 안으로 들어갔다.

"안녕하세요~."

계산대 안쪽에 앉아 있던 점원이 일어나 말을 걸어 온다. 젊고 세련된 분위기의 여성이었다. 그녀도 왠지 본 적이 있는 것 같다는 생각이 들었다.

"……저기, 아니라면 죄송한데요……."

보통은 가게 직원과 필요 이상으로 대화를 나누지 않는 편이지만, 나는 눈을 딱 감고 그렇게 말했다.

"혹시 여름 축제에서 노점을 내셨던 적이 있을까요?"

"앗, 네!"

점원이 놀란 듯이 고개를 끄덕였다.

"백중절 여름 축제 때는 일반적인 노점상 말고도 지역에서 가게를 운영하는 사람이 노점을 차릴 수 있는 공간이 있어서 그쪽에 매년 참가하고 있어요."

역시 그랬구나. 내 기억력도 아직은 녹슬지 않은 모양이다.

"5년 전에 그 노점에서 여자 친구에게 선물할 반지를 샀거든요."

나는 기뻐져서 미소를 지으며 말했다.

"그러셨군요! 감사해요."

직원은 눈을 빛내며 감사 인사를 해 주었다.

"……그때랑 같은 여자 친구에게 또 선물을 주고 싶은데요……."

그렇게 말하며 나는 가게 안에 진열된 액세서리로 눈길을 보냈다.

"탄생석인 문스톤은 이미 선물해 버려서 어떻게 해야 할지……."

"문스톤이라면 6월생이시겠네요, 여자 친구분."

점원도 내 옆으로 다가와 같이 상품을 보았다.

"그거 아세요? 탄생석은 그 달에 딱 하나만 있는 게 아니에요."

"엇, 그래요?"

놀라는 내게 점원이 진열대에서 반지 하나를 꺼내 보여 주었다.

"이쪽 건 어떠실까요?"

◇

6월 바닷가에는 아직 사람이 드물었다.

멀리 서퍼들의 모습이 보이는 건 연중 있는 일이고, 해수욕장도 개장 전이라 그 외에 바다에 보이는 인영은 없다.

그래도 휴일이라 모래사장에는 사람들이 다소 있었지만, 다들 나처럼 산책을 나온 듯한 느낌으로 한곳에 머물러서 뭔가를 하고 있는 사람은 없었다.

태양이 구름 뒤에 숨어 있어서 하늘은 그리 맑지 않았지만, 비가 오지 않는 것만으로도 요즘 같은 시기에는 괜찮은 날씨다. 살짝만 움직여도 땀이 날 만큼 습한 공기 속에서 나는 신발 안에 모래가 들어가지 않도록 주의하며 걸음을 뗐다.

그리고 발견했다. 마오 씨가 운영하는 바다의 집 'LUNA MARINE'을.

아직 설치 중인 듯하지만 간판은 나와 있었고, 하얀 데크 부분도 완성돼 있었다.

나는 데크로 다가가며, 오키나와의 아메리칸 빌리지에서 방문했던 레스토랑을 떠올렸다.

테라스에서 루나와 식사를 했을 때도 'LUNA MARINE'을 닮았다고 생각했는데, 이렇게 봐도 분위기가 비슷했다.

—이곳에 루나랑 올 수 있었던 게…… 이렇게 같이 있을 수 있다는 게, 나는…… 기쁘니까.

—더는 아무것도 신경 쓰지 말았으면 좋겠어. 과거의 일도, 너무 먼 미래의 일도…….

—나는 오늘…… 여기에서 죽는다고 해도…… 행복하니까. ……루나랑 같이 있을 수 있었으니까.

—앞으로는…… 둘이 함께 있을 수 있는 '지금'을 소중히 여기자.

그때 루나에게 했던 말을 떠올리며 이제부터 그녀에게 전하려고 하는 말이 틀리지 않았다는 걸 재확인한다.

"엇? 류토……?"

그때 등 뒤에서 소리가 났다.

루나의 목소리가.

뒤돌아보자 루나가 놀란 얼굴로 나를 보고 있었다. 나도 같은 표정을 짓고 있으리라.

"헐, 거짓말, 언제부터 와 있었던 거야?! 나한테 연락하고 온 건 아니지……?!"

황급히 스마트폰을 꺼내는 루나에게 나는 '으, 응.'이라고 대답하며 어색하게 고개를 끄덕였다.

"……보고 싶어져서 데리러 왔어. 조금만 더 있다가 연락하려고 했는데……."

"그랬구나……!"

루나는 기쁜 듯이 살짝 미소를 지었다.

"나는 아침 식사를 마치고 사요 할머니랑 대화를 나누다가 '곧 있으면 해수욕장도 개장하겠다'는 얘기가 나와서…… 바다의 집이 어떤 상태인지 궁금해서, 산책 겸 와 봤는데."

그렇게 말하고는 나를 바라보며 웃는다.

"설마 류토랑 마주치게 될 줄은 몰랐어……."

"나도 루나가 여기에 올 거라곤 생각도 못 해서 놀랐어."

"……왠지 그때 같네. 고2 여름방학 때."

"그러게."

우리들은 시선을 마주하며 가볍게 웃었다.

"그때도 즐거웠지. 류토랑 같이 알바를 할 수 있어서."

"내 인생 첫 알바였어."

"나도!"

들떠서 말한 루나가 불현듯 미소 지으며 턱을 당겼다.

"그렇게 생각해 보면 우린 이미 하고 있었네. ……같이, 처음 하는 일."

기쁘면서도 민망한지 수줍어하는 루나에게 나도 미소로 화답했다.

"앞으로도 그러면서 살아가자. ……서로의 제일 가까운 곳에서."

마지막 말에 반응한 루나가 의아한 기색으로 나를 본 그 순간에.

나는 결의를 다지며 입을 열었다.

"역시 나는 루나가 옆에 있어 줬으면 좋겠어."

"류토…… 나도 그러고 싶어……."

"그래서 루나가 만약 졸업하고 바로 일본에서 보육교사가 될 거면…… 나도 일본에서 취직하려고."

루나가 눈을 크게 뜨며 입을 다물었다.

"그러니까, 졸업하면 나와 결혼해 줬으면 좋겠어."

이것이 어젯밤 고민해서 내린 나의 결론이다.

"엇…… 결혼은 하고 싶지만, 잠깐만 기다려!"

상황이 이해되지 않는다는 듯이 루나가 내게 '기다려' 포즈를 취했다.

“일본에서 취직이라니 무슨 소리야? 후지나미 씨 회사가 아닌 곳에 취업하겠다는 뜻이야?”

나는 말없이 고개를 끄덕였다.

“일본에서 다닐 회사는, 아직 정해진 데는 없는 거지?”

“이제부터 취업 준비를 시작해야지.”

“편집자 희망으로?”

“그것도 이제부터 생각할 거지만…… 시작이 늦어졌으니까 업종을 고집할 상황은 아닌 것 같아.”

편집자가 되려고 노력 중인 쿠로세의 구직 활동 상황을 보면, 신규 졸업생으로 편집자가 되는 게 좁은 문이라는 건 나도 알 수 있었다.

“그래도 어디든 취업은 할 거니까……. 일은 생활의 일부이지 인생 그 자체가 아니잖아. 그걸 생각하면, 그렇게까지 심각하게 여기지 않아도 괜찮을 것 같다는 기분이 들어.”

그 잇치도 당장 일해야만 하는 상황에 닥치자 익숙지 않은 육체노동도 하게 됐다. 살기 위해서라면 사람은 뭐든지 할 수 있을 거라고 생각했다.

“내 인생에서 정말로 소중한 게 뭔지 생각했어. 나에게 무엇보다 소중한 건…… 오늘도 내일도, 루나가 옆에서 웃어 주는 거라는 걸 깨달았어.”

“류토…….”

루나가 기쁜 듯이 미소 지었다.

"나도…… 나도, 그렇게 생각해. 류토가 무엇보다 소중해."

그렇게 말하고는 조금 복잡해 보이는 얼굴을 했다.

"하지만…… 미안. 난, 조금 혼란스러워."

"무슨 뜻이야?"

내가 묻자 루나는 주저하며 입을 열었다.

"난…… 내가 몇 년이나 류토랑 떨어져 지낼 수 있을지, 계속 그것만 고민했지…… 류토한테 이런 말을 들을 거라고는 전혀 생각도 안 해 봐서…… 류토는 이미 인도네시아에 가기로 결심했을 줄 알았으니까."

"……나도 떨어져 지내는 건 고민해 봤지만."

나는 루나에게 응석을 부리고 있었는지도 모르겠다. 이러니저러니 해도 루나는 나와 함께 가 줄 거라고 생각했다.

어제 루나의 입으로 일본에서 기다릴 결심을 굳혔다는 말을 듣고서야, 비로소 루나와 떨어져 사는 삶에 대해 현실적으로 상상해 볼 수 있었다.

그리고 그것에 강한 거부감을 느꼈다.

"……일은, 솔직히 말해서…… 내가 아니라도 대신할 사람은 있을 거라 생각해. 나 스스로도 어떤 일인지, 정말로 적성에 맞을지, 직접 해 보지 않으면 알 수 없는 부분이 있고."

루나가 가만히 내 얘기에 귀를 기울였다.

"그런데도 내가 편집자가 되고 싶었던 건 후지나미 씨의 열의 때문이었어."

얼마 전 호텔 라운지에서 열띤 기세로 얘기하던 후지나미 씨의 모습을 떠올린다.

"후지나미 씨가 나를 좋게 평가해 줘서……. 초대박 난 애니메이션 작품에도 관여했던 엄청 일을 잘하는 편집자인 후지나미 씨가 나를 '편집자에 소질이 있다'고 몇 번이나 추켜세워 주니까…… 그 기대에 부응할 겸 아무튼 노력해 보고 싶어서, 태어나서 처음으로 '하고 싶은 일'이 생겼던 거야."

그에 더해서 라이온 씨의 작사를 돕거나 쿠지바야시의 라인 메시지를 첨삭하는 사이 스스로도 '적성에 맞을 수도 있겠다'는 생각을 하기 시작한 것도 있다.

"그래서 지금은 편집자가 되고 싶다는 것뿐만 아니라, 후지나미 씨 밑에서 일하고 싶다, 키워지고 싶다는 마음이 더 강해. ……반대로 말하면 쿠로세처럼 일본에서 평범하게 취업 준비를 해서 편집자가 되자는 마음가짐은, 없었다는 뜻이 되겠지."

스스로의 감정을 확인하며 솔직한 마음을 루나에게 털어놓는다.

"스스로 고개를 숙이면서 '들어가게 해 주기'를 바랄 정도로 절실하게 되고 싶은 직종이 있었다면 자발적으로 취업 준비를 했겠지만…… 그동안 살아오면서 그런 일은 발견하지 못했어."

루나의 얼굴이 불안으로 물들까 봐 나는 지체 없이 말을 이었다.

"그래도 제대로 마음을 먹고 취업 준비를 시작하면 그런 기업이 눈에 들어올지도 모르니까, 이제부터 찾아보려고."

그때, 여태껏 가만히 듣고만 있던 루나가 후훗 하고 웃었다.

"……하지만 류토는 그런 식의 구직 활동과는 맞지 않을 것 같다는 생각이 들어."

"어?"

"류토는 적극적으로 밀고 나가는 성격이 아니잖아. 만약 들어가고 싶은 회사를 찾는다고 해도, '저라도 괜찮으면 일을 시켜 주세요…….'라는 식으로 행동하겠지."

"……그, 그건 그래……."

나를 매우 잘 파악하고 있다. 과연 5년을 꽉 채워 사귄 여자 친구다.

"……나는 류토의 그런 점을 좋아하지만."

미소를 지으며 말하고는 '아' 하고 말을 잇는다.

"그런 점'도'라고 정정해야 하나?"

후훗 하고 웃은 루나가 불현듯 진지한 얼굴을 했다.

"……하지만 류토의 그런 장점을 취업 시장에서 알아줄 수 있으려나?"

"어?"

"'저한테 시켜 주세요!', '이 일을 하고 싶습니다!'라고 강하게 어필하는 취준생이 더 유리하지 않을까? ……연애처럼 말이야."

루나는 그렇게 말하더니 살짝 가라앉은 표정을 지었다.

"고2까지의 나는 보는 눈이 없는 사람이라서, 그런 사람만 남친으로 채용해 버렸어. 이렇게까지 말하는 걸 보면 소중히 대해 주겠지,

라고 생각했지만, 전혀 아니었지."

그 자조 섞인 미소를 보자 아직도 조금 가슴이 아팠다.

내가 그만큼 더 소중히 대해 주고 싶다는 생각이 새삼스레 들었다.

"회사도 분명 그럴 거라 생각해. ……대기업의 인사 직원은 예전의 나보다는 보는 눈이 있겠지만. 그래도 취준생의 숫자가 많으니까 제대로 어필하는 사람이 아니면 그대로 묻힐 수도 있지 않을까?"

"그렇겠지……."

"그래서 후지나미 씨가 류토의 성격이라든가 능력 같은 걸 제대로 파악하고서 같이 일하자고 제안해 준 게…… 나는, 여친으로서 기뻤어."

미소를 지으며 담담히 말하는 루나는 진심으로 그렇게 생각하는 듯했다. 그 따스한 마음에 가슴이 떨렸다.

"나는 류토가, 류토의 장점을 알아주는 사람 밑에서 정당하게 평가받으면서 일하기를 바라니까."

"……."

나도 그런 회사에서 일할 수 있다면 좋겠다고 생각한다. 하지만 현 상황에서 그런 곳은 후지나미 씨의 회사뿐이고, 그렇게 되면 인도네시아로 가야만 하는 것이다.

"그러니까, 아쉽지만…… 그래도……."

눈을 내리깐 채 그렇게 말한 뒤, 루나가 고개를 들어 나를 본다.

"류토가, 일보다 내가 더 소중하다고 생각해 준 건 역시 기뻐. 정말로……!"

환한 그 미소에 마음이 부드럽게 풀리는 느낌이 들었다.

"정말 기뻐, 나. 실은, 아까까지, 조금 외로웠으니까."

"루나도?"

"응……. 어제 오랜만에 류토랑 떨어져서 사요 할머니네 집 2층에서 혼자서 자는데…… 아, 류토를 보고 싶어, 라는 생각이 들더라구. 그래서 류토와의 추억이 남아 있는 바다의 집으로 온 거기도 해."

상공에서 휘르르 솔개 울음소리가 났다. 끊임없이 살랑거리는 바닷바람도, 전부 5년 전을 떠올리게 해 옛 생각에 마음이 그리워졌다.

"데리러 와 줘서 고마워, 류토."

내가 정말로 좋아하는 미소를 지으며 루나가 그렇게 말했다.

"같이 돌아갈까, 우리들의 집으로."

"응."

루나가 장난치듯이 내 손을 붙잡아서, 우리들은 손을 잡은 채 해변을 걷기 시작했다.

"그 전에 사요 할머니한테 인사하고 갈래? 류토를 보면 기뻐하실 거야!"

"방해해도 괜찮은 거면, 꼭 하고 싶어."

"꼭 해 줘~! 사요 할머니, '류우는 같이 안 왔니?'라고 말했을 정도니까 엄청 기뻐할 거라고 생각해!"

그렇게 사요 씨에게 인사를 하고, 셋이서 가족 얘기나 잡담을 나누며 점심과 간식까지 대접받고 나서야, 나는 루나와 도쿄로 돌아왔다.

◇

그날 밤, 둘이서 침대에 누워 잠을 청하기 전.

루나가 이불 속에서 내 손을 잡더니 나를 바라보며 속삭였다.

"우리, 계속 함께 있자."

"응……."

오늘 아침 일찍 일어난 탓에 자리에 눕자마자 수마에 습격당한 나는 비몽사몽 속에서 루나에게 고개를 끄덕였다.

"나, 이제 결심했어. 류토랑 떨어지지 않겠다고……. 언제라도, 어떤 곳으로 가더라도, 류토만 있으면 괜찮아."

그 말을 들은 것도 꿈인지 생시인지 확실하지 않을 만큼, 나는 이미 잠에 푹 빠져 있었다.

제 5.5장 루나와 니콜의 긴 전화

"그래서 사요 할머니도 '류우까지 와 주다니 기쁘구나.' 하고 엄청 좋아했어."

"잘됐네."

"응! 완전히 기운을 되찾으셔서 정말 다행이야."

"아마 외로우셨겠지. 루나도 그동안 전혀 할머니 집에 가지 않았잖아?"

"그랬지. 취직하고 나서 이래저래 바빠서…… 앞으로는 가능한 찾아뵈려고 생각 중이야. 앞으로 얼마나 더 볼 수 있을지 모르니까…… 슬프지만……."

"응. ……그게 좋겠지."

"어째 우울한 얘기를 해서 미안. ……참, 그나저나 아카리 인스타는 봤어?!"

"당연히 봤지! 심지어 어제 1시간 정도 영상 통화도 했어!"

"진짜?! 나도 연락해야지! 얼굴을 보면서 축하하고 싶어! 아카리는 어땠어? 여전히 건강한 것 같긴 하던데!"

"아주 건강해! 아기도! 둘이서 뭐라고 꺅꺅거리던걸."

"웃긴다!"

"왠지 말이지~, 임신했을 때는 그렇게 허둥거리더니 막상 아기가 태어나니까 엄청 행복해 보여서, 막 실감이 나더라니까. 제대로 수유도 하고 기저귀도 갈아 주는데, 그 아카리도 이제는 어엿한 엄마가 됐구나 싶어서."

"정말, 아카리만 시간이 엄청 빠르게 지나가는 것 같아! 나는 아직도 내가 여고생에 갸루 같은데!"

"나도 그래. 뭐, 그 애도 임신은 자기가 원해서 한 게 아니었지만. 그래도 아카리라서 납득이 되는 구석도 있는 것 같아."

"응?"

"그 뭐야, '신은 극복할 수 없는 시련은 주지 않는다'는 말도 있잖아? 신이 아카리라면 어떻게든 될 거라고 생각했으니까 내려준 시련이었을지도 모르지."

"……그렇구나……. 신은 극복할 수 없는 시련은 주지 않는다……. 응, 그렇겠지."

"……루나? 왜 그래?"

"아냐! ……그렇지 참, 나, 결정했어. 졸업하고 나서 어떻게 할지."

"아, 카시마 류토가 해외로 나가는데 어떻게 하냐는 얘기?"

"맞아."

"……결론을 내렸어?"

"응. ……그래도 그건 류토한테 제일 먼저 말하려고."

"그렇구나. ……그럼 보고해 주길 기다릴게."

"응. ……니콜의 얘기도 많은 도움이 됐어. 내가 그렇게 하기로 마음먹을 수 있었던 데는."

"도움이 됐다니 다행이네."

"후훗, 정말 고마워."

"……루나."

"응?"

"나 말이야……, 렌이랑 헤어졌어."

"……그랬구나……."

"렌이 '그냥 거리를 두는 걸로는 안 돼?'라고 말해서…… '니콜이 나를 전 남친처럼 좋아하지 않는다는 건 알고 있었어. 지금은 그래도 상관없어. 끝까지 기다릴 테니까.'라고 말해서…… 힘들었어. 그래도 상관없지 않을까, 라는 생각도 잠깐 했고."

"그랬구나. ……니시나가, 그렇게……."

"하지만 이건 내가 결판을 지어야 할 일이니까. 렌을 계속 도피처로 삼는 건, 렌에게도 실례라는 걸 깨달았으니까."

"……응……."

"……나 말이야, 루나한테도 여태껏 말하지 않았지만……."

"응?"

"……작년 크리스마스이브에 렌이랑 했어."

"뭐……. '했다'는 건, 설마…… 섹스?"

"맞아."

"끝까지 갔어?"

"응."

"세키야 씨하고도 하지 않았던 것 아니었어?"

"맞아. 내가 계속 아프다고 말했던 것도 있었겠지만, 우린 어중간한 느낌으로 사귀고 있었으니까……. '굳이 무리할 것 없이, 내 입시가 끝나고 제대로 사귈 수 있게 되면 다시 하자.'고 말해 줘서."

"응, 그랬지."

"그래도 야한 짓은 몇 번인가 했지만 말이야."

"우후훗, 그것도 다 들었어."

"……하지만 이제 선배랑 '제대로 사귈 수 있는 날'은 오지 않게 됐고…… 앞으로 선배보다 좋아하게 될 사람이 나타날지 어떨지도 모르는데, 계속 선배를 위해서 순결을 지켜봤자 소용없으니까. 렌은 남친이고, 렌이 하고 싶어 하는 것도 알고 있어서 했는데."

"응……."

"렌이랑 하나가 됐을 때 내 마음속에 있었던 건…… '이걸 선배랑 하고 싶었다'는 감정이었어."

"……니콜……."

"그때부터 생각하기 시작했어. ……'렌이랑은 더는 안 될지도 모르겠다'고."

"……."

"……첫 경험이 행복한 추억으로 남은 여자애가 과연 세상에 얼마나 있으려나? 적어도 나는 그쪽에는 들어가지 못했어……."

"……니콜……."

"렌은 남자 친구고, 좋아하고, 싫지 않다고…… 스스로에게 되뇌듯이 이성으로 생각했지만, 그 말은 결국 내 본능은 '아니'라고 생각하고 있었다는 뜻이겠지…….”

“…….”

“‘여자는 몸을 섞으면 상대방을 더 좋아하게 된다’는 현상이 나한테도 적용될지 모른다는 기대도 했어. 하지만…… 알게 된 건…… 내가 선배를 굉장히 좋아했다는 사실이었어.”

“그랬구나…….”

“……그러니까, 이걸로 된 거야. 렌한테도 언젠가는 그렇게 생각할 수 있는 날이 올 거라고, 이기적일지도 모르지만, 나는 믿고 있어…….”

“응, 틀림없이 그렇게 될 거야.”

“고마워. ……미안, 자는 중인데 깨워서.”

“아냐, 마침 잠에서 깬 참이었으니까 괜찮아. 전화해 줘서 기뻤어. ……고생 많았어, 니콜. 정말 애썼어.”

친구를 격려하며 통화를 마친 루나는.

연인이 잠든 침실로 돌아가 그 옆에 살며시 눕고는.

그 잠든 얼굴을 바라보며 살짝 미소를 짓더니 자신도 조용히 눈을 감았다.

에필로그

우리들이 치바에서 돌아온 지 6일이 지나 루나의 생일이 다가왔다.

토요일이라 루나가 아침부터 저녁까지 의류 매장 알바를 하는 날이다. 사실은 반일 근무를 하려고 했지만, 이달 초에 외할아버지의 장례식을 치르느라 휴가를 받은 관계로 남은 토요일은 풀로 일할 수밖에 없었다.

"8시쯤에야 돌아올 것 같아. 미안."

아침, 현관에서 구두를 신으며 루나가 미안한 기색으로 말했다.

"아냐. 밥 차려 놓고 기다릴 테니까 다녀와."

"우후훗, 고마워."

"그렇게 거창한 건 못 만들지만."

"괜찮아, 류토가 차려 주는 것만으로도 기쁘니까."

미소를 지으며 말한 루나와 키스를 나눈 뒤, 나는 스물두 살이 된 그녀를 일터로 배웅했다.

◇

혼자 남아 집안일과 생일파티 준비를 하며 나는 계속 구직에 대해 생각하고 있었다.

옛날부터 낯선 사람과 어울리는 게 고역이었다.

어떤 사람인지도 모르는 사람에게 먼저 말을 걸러 가는 건 겁이 나서 절대 싫었다.

어떤 성격인지 알고 있는 사람이라면, 예컨대 '남들의 배로 수줍음을 타서 겉으로는 퉁명스레 대하지만 사실은 마음이 다정한 사람'이라는 걸 알고 있는 사람을 만나면 인사를 무뚝뚝하게 받아쳐도 상처받지 않을 수 있다.

하지만 어떤 사람인지 잘 모르는 사람이 인사를 무시하면 '내가 기분 나빴던 걸까', '찐따처럼 보여서 업신여기는 걸까'라는 피해망상에 빠져서 기분이 우울해지고 만다.

그래서 루나와 살기 시작한 이 맨션에서 나는 주민들에게 먼저 인사를 하지 않는다. 남성들 중에는 먼저 인사하지 않는 사람이 많지만, 중장년 여성들은 종종 먼저 인사를 해 줘서 그에는 인사를 돌려주고 있다. 그래도 상대방의 얼굴은 볼 수 없기에 내가 주민들을 기억하는 일은 없어서, 여러 번 마주친 사람이라도 언제나 상대방에게 인사를 맡기고 있는 신세다.

이런 성격이라 나와 동류의 인간이거나 먼저 다가와 주는 사람이 아니면 친해질 수 없다. 심지어 후자의 경우에는 너무 적극적으로 들이대면 경계심이 들어 오히려 멀어지고 싶은 마음이 든다는 성가신 주의 사항까지 붙어 있다. 세키야 씨는 그 부분의 균형 감각이 절묘한 사람이라 친해질 수 있었지만.

루나뿐이었다.

내 인생에서 잘 모르는 사람에게 먼저 접촉을 시도한 경험은, 설령 벌칙 게임 때문에 한 고백이라도 그것이 얼마나 기적적인 일이었는지 이 순간 새삼스럽게 실감했다.

—류토는 적극적으로 밀고 나가는 성격이 아니잖아. 만약 들어가고 싶은 회사를 찾는다고 해도, '저라도 괜찮으면 일을 시켜 주세요…….'라는 식으로 행동하겠지.

정말로, 루나는 나를 잘 파악하고 있다고 생각한다.

회사를 대하는 것도 사람을 대하는 것과 같다.

잘 모르는데 좋아하게 돼서 매력적으로 보이는…… 그런 루나 같은 회사가 나타나고, 거기에 벌칙 게임 같은 강제력이 발생하지 않는 한, 내가 취업 준비에 적극적이 되는 날은 오지 않을지도 모른다.

그리고 잘 모르는데도 마음이 동하는 회사가 있다면…… 지금의 나에게 그건…… 후지나미 씨가 있는 회사인 것이다.

그래도 루나와 몇 년이나 헤어져 지낼 바에는 지옥 같은 취업 시장에 뛰어드는 수밖에 없다고 마음을 굳게 다잡았다.

후지나미 씨에게는 아직 거절한다는 연락을 넣지 않았다. 7월이 되면 분명 그쪽에서 고용계약을 진행하고 싶다는 취지의 연락을 해올 테니까, 늦어도 그때는 말해야 한다고, 우울하고 원통한 생각을 마음 한구석에 품고 있었다.

◇

저녁 8시 전에 루나가 돌아와서 생일파티를 시작했다.

식탁 의자에 앉은 루나 앞에 나는 케이크 상자를 가져와 살며시 열었다.

"와아! 이거, 설마……?!"

감격해서 양손으로 입을 틀어막는 루나에게 나는 멋쩍게 고개를 끄덕였다.

"응, 샹드플뢰르의 케이크. 안 먹은 지 꽤 된 것 같아서."

샹드플뢰르는 루나가 고등학교 시절에 알바를 했던 적도 있는 케이크 가게다.

"응. ……앗, 그런데 이거 손이 많이 가서 예약한 수량밖에 안 만드는 거잖아! 예약해 준 거야?!"

"응. 인터넷에서 보고 예약했어."

역시 전 알바생 직원이다. 그만둔 지도 벌써 몇 년이 지났는데 보기만 해도 바로 알 수 있다니.

루나가 좋아하는 과일이 잔뜩 얹어진 생크림과 커스터드 크림으로 장식된 홀 케이크를 주문했다. 'HAPPY BIRTHDAY 루나'라고 적힌 메시지 플레이트를 '이거면 되실까요?'라고 말하며 보여 줬을 때는 자신이 주문해 놓고도 부끄러워했다.

"일부러 K역까지 다녀와 준 거야? 헐~ 고마워……!"

"겸사겸사 본가에 들러서 얼굴을 보여 주고 왔으니까, 덕분에 부모님께 효도를 할 수 있어서 좋았어."

나는 그렇게 말하며 부엌에서 두 번째 음식을 가져왔다. 불을 끈지 얼마 되지 않아서 뜨끈뜨끈한 냄비를 그대로 식탁으로 가져와 냄비 받침 위에 올려놓는다.

"이거, 본가에서 만드는 방법을 들으면서 만들어 온 우리 집 카레야."

분명 두껍게 썬 소고기였다는 기억에만 의지해 재료를 사 갔더니 어머니가 '이렇게 좋은 고기로 카레를 만들려고?!'라며 놀라긴 했지만. 확실히 슈퍼에서 비싸다고는 생각했다.

"뭐?! 대박~! 류토네 집의 카레라고?! 먹어 보고 싶었으니까 기뻐!"

"잘 몰라서 스테이크용 고기를 사 버린 것 같으니까, 재료의 힘으로 맛은 있을 거야."

쓴웃음을 지으며 말하자 루나는 '와~!' 하고 눈을 반짝였다.

"굉장해! 그런 호화로운 카레는 먹어 본 적이 없어! 기대된다~!"

"마지막 하나는, 늘 먹던 샐러드야."

루나가 자주 샐러드를 먹고 싶어 해서 제대로 그것도 제대로 준비했다. 냉장고에서 접시를 가져와 랩을 벗긴다.

"와아, 고마워!"

루나는 눈을 반짝이며 식탁 위를 보았다.

"이렇게 다양하게 준비해 줘서 기뻐!"

"그렇게까지 다양한 건 아니지만……."

"제대로 샐러드도 있고!"

"봉지에 들어 있던 걸 접시로 옮겼을 뿐이니까……."

"아냐, 뭘 만들지 고민해서 사 와서 접시에 옮겨 담은 것도 수고인

걸! 고마워, 류토♡"

확실히 나 혼자 먹는 저녁이었다면 편의점에서 카레라이스만 사 왔을 테고 샐러드 같은 건 실수로라도 준비하지 않았겠지만, 루나가 그렇게 말해 주자 분에 넘치는 칭찬을 받고 있는 것 같아서 기분이 좀…… 그래도 기쁘긴 하다.

"류토, 요리 실력이 정말 많이 늘었어! 처음엔 데워서 주기만 하는 종류가 많았는데, 이제는 평범하게 직접 만들어 주게 됐잖아."

"실은 전에 만든 돼지고기 감자조림으로 채소를 자르는 연습을 했어……."

카레에 들어가는 채소와 거의 재료가 같아서 카레를 만드는 연습이 될 거라고 생각했던 것이다.

"그랬구나, 몰랐어."

"괜찮으면 아직 뜨거울 때 먹어."

"응, 잘 먹겠습니다!"

그렇게 동거하고 처음으로 집에서 맞이하는 생일 디너가 시작됐다.

"음, 맛있어! 가게에서 파는 비프 카레보다 고기 질이 좋아! 씹으면 씹을수록 맛이 우러나!"

"정말? 다행이다, 아하하……."

역시 너무 힘을 준 걸지도 모르겠다. 루나는 기뻐해 주고 있지만 살짝 기름진 느낌도 드니까 다음번엔 제대로 조림용이라고 적혀 있는 걸 사자고 생각했다.

"아~ 맛있었어~! 잘 먹었어~!"

카레라이스와 샐러드, 케이크도 한 조각씩 먹고 대충 식사를 마쳤을 때 루나가 손을 모으며 말했다.

"정말 고마워, 류토!"

"천만에."

"답례로 나도 류토한테 선물을 준비했어♡"

루나는 그렇게 말하고는 침실 쪽으로 가더니 큰 종이봉투를 가져왔다. 어디에 놓아뒀던 건지 여태껏 전혀 알아차리지 못했다.

"엥?! 왜 나한테?"

"올해 류토 생일에 바빠서 아무것도 못 했잖아?"

확실히 올해 내 생일은 이사 직전이라 둘 다 정신이 없어서 케이크를 먹는 게 고작이었다. 그때는 '일이 좀 정리되면 축하하자'고 말했지만 그대로 잊어버리고 있었다.

루나는 제대로 기억하고 있었구나. 그 사실에 감동했다.

"열어 봐, 열어 봐!"

루나의 재촉에 나는 그 종이봉투에서 크고 가볍고 보드라운 것이 싸여 있는 걸로 짐작되는 포장 봉투를 꺼내 내용물을 열어 보았다.

그건 폭신하고 부들거리는 소재의 실내복이었다.

"앗, 이거……!"

쇼핑몰에서 루나와 함께 실내복 전문점을 구경했던 기억이 났다. 바지의 두꺼운 깅엄체크 패턴이 사랑스러운 상하의 세트는 루나가 자주 입고 있는 실내복과 분위기가 유사했다.

"맞아, 나도 같은 걸로 사 버렸어♡"

루나는 그렇게 말하더니 침대 쪽에서 자신의 실내복도 가져와 보여 주었다. 오늘은 생일 축하도 있어서 루나는 아직 근무용 외출복을 입고 있었다.

"정말이네……."

"있지, 입어 봐, 입어 봐♡ 나도 입을 테니까!"

그렇게 말해서 둘 다 실내복으로 갈아입기로 했다.

"……이, 이러면 돼?"

부끄러워서 탈의실에서 옷을 갈아입은 나는 주뼛거리며 거실 겸 주방으로 돌아왔다.

벌써 옷을 갈아입고 그곳에 있던 루나가 나를 보며 눈을 반짝였다.

"와아, 잘 어울려! 생각했던 대로야! 자자, 소파에 앉아♡"

그렇게 말하고는 나란히 앉은 내 옆에 미끄러지듯이 착 달라붙더니, 자신의 스마트폰 화면을 셀카 모드로 바꿔 나에게 보여 주었다.

"이것 봐! 내 말이 맞지? 동거 커플이라는 느낌♡"

거기에 비치고 있는 건 루나의 말대로 세트로 파자마를 코디해 입은 풋풋한 동거 커플의 모습이다. 그 남자 친구 쪽이 자신이라고 생각하자 얼굴에서 불이 날 것 같은 기분이 들었다.

"……왠지, 엄청 민망한데……."

루나가 기뻐해 줘서 좋긴 하지만.

그런 나를 보며 루나가 눈을 가늘게 뜬다.

"이걸 입고, 앞으로도 둘이서 같이 있자, 알았지?"

"……응……."

대답이 조금 늦어진 건 지옥처럼 힘들 취업 준비와 후지나미 씨의 제안을 거절하는 작업이 남았다는 게 떠올랐기 때문이다.

그런 내 마음을 짐작했는지 루나가 별안간 진지한 얼굴로 옆에 앉은 나를 보았다.

"……류토, 후지나미 씨의 회사, 아직 거절 안 했지?"

"응……."

"그렇겠지, 다행이다. 류토라면 그럴 줄 알았어."

어째서인지 루나는 그렇게 말하며 미소 지었다.

"나, 조금 생각해 봤는데, 들어 줄래?"

"응?"

무슨 얘긴가 싶어 당황하는 내게 루나가 말한다.

"생각하는 건 잘 못하지만, 내 나름대로 많이 고민했어. 그 결과."

그렇게 말하더니 루나는 가볍게 쥔 주먹을 가슴에 대고 살짝 고개를 숙였다.

"……처음에 나는, 내가 혼자 일본에 남는 외로움을 참을 수 있으면 모든 게 잘될 거라고 생각했어. 남자한테는 일이 무엇보다 소중하다고 아빠한테 듣기도 했고…… 류토는 남자니까 어쩌면 나보다 외로움을 덜 탈지도 모른다고 생각했거든."

"……."

내가 루나의 아버지처럼 남자다운 사람이었다면 나도 그랬을까. 나는 그런 생각을 하며 입술을 깨물었다.

“그래서 류토가 일보다 나와 함께하는 쪽을 선택하겠다고 말하는 걸 듣고…… 엄청 놀랐어. 그래도, 기뻤어.”

웃으며 말한 루나는 고개를 들어 내 눈을 똑바로 바라보았다.

“우리 둘 다, 함께 있고 싶다고. 그렇게 생각하고 있다는 걸 알았어. 그래서 류토만 외국으로 간다는 선택지는 없어…….”

나는 가볍게 고개를 끄덕이며 들었다.

“그러니까, 내가 같이 가든가, 류토가 인도네시아를 포기하든가…… 둘 중 하나가 되겠지.”

그래서 후자를 선택한 게 지난번의 결론이었을 터다. 새삼스레 왜 이 얘기를 다시 언급하는지 의아해하는데, 루나가 의연한 목소리로 말했다.

“나한테는, 자격증이 있어.”

그렇게 말하고 나서 살짝 머뭇거리며 턱을 당긴다.

“지금은 아직 없지만…… 내년에 졸업하면 무조건 보육교사 자격증을 받을 수 있어. 그건 나라에서 인정해 준 자격이니까, 그걸 가지고 있으면 나는 몇 년 뒤라도 일본 어디에서든 보육교사로 일할 수 있어.”

“그렇지…….”

“하지만 편집자는 운이나 인연에 따라서 될 수 있을지 없을지가 결정되는 직업이라고 생각해……. 열의 있는 마리아가 좀처럼 좋은 결과를 얻지 못하는 걸 봐도 그게 맞는 것 같아. 류토는 ‘후지나미 씨 밑에서 분발해 보고 싶다’는 마음이 크다고 말했지만, 그런 사람을 만나게 된 것도 인연이라고 생각하고."

루나가 말을 고르며 자신의 생각을 입 밖으로 내고 있다는 게 느껴진다.

"말하자면 류토는 현재 그 운과 인연이 따르고 있는 상태인 거지. 그러니까, 그걸 붙잡았으면 좋겠어."

"뭐……?"

"적성에 맞을지 아닐지는 해 보지 않으면 알 수 없다고 말했지만, 적성에 안 맞다는 걸 알게 되면 그만두면 될 뿐이잖아. 내 보육교사 자격증은 썩지 않으니까, 지금은 류토의 기회를 우선해야 한다고 생각해."

그런 말을 들을 거라고는 상상해 보지도 못했기에, 움켜쥔 손바닥에서 땀이 배어나는 걸 느꼈다.

"그 뭐더라? '기회의 신은 앞머리밖에 없다' 같은 말도 있잖아? 무슨 그런 헤어스타일이 다 있나 싶어서 엄청 웃기긴 하지만, 나중에 돌이켜보다가 '역시 그때 편집자가 될 걸 그랬다'고 생각해 봤자 그때는 이미 잡을 수 없게 된 기회가 될지도 모르니까."

루나는 그렇게 말하고는 나를 바라보며 힘차게 말했다.

"나, 류토랑 같이 인도네시아로 갈게. 최대한 서둘러도 7월부터겠지만 3개월 정도라면 만나지 못해도 어떻게든 참을 수 있을 것 같으니까."

"……루나……."

가슴에 격류처럼 감정이 치밀어올라 그 말밖에 할 수 없었다.

기쁘다.

고맙다.

기쁘다. ……행복하게 해 주고 싶다.

세상 누구보다도!

"후지나미 씨는 몇 년만 지나면 일본으로 돌아올 수 있다고 말했지?"

루나의 물음에 나는 살짝 당황하며 고개를 끄덕였다.

"으, 응……. '적어도 사업 시작 후 몇 년은 반드시 해외에서 일해야 한다'는 얘기였으니까, 그 뒤에는 일본으로 돌아올 길도 있지 않을까…… 멋대로 생각하는 것뿐이지만……."

"그럼 만약에 후지나미 씨가 좀처럼 돌려보내 주지 않으면 '언제 돌아갈 수 있나요?!' 하고 내가 직접 담판을 지으러 갈 테니까!"

역시, 갸루는 강하다.

"그리고 그쪽에서도 어쩌면 아이를 돌보는 일을 할 수 있을지도 모르고!"

"응. ……후지나미 씨가 말했는데, 파견 근무 중인 일본인들을 대상으로 시터 일 같은 걸 해 보는 건 어떠냐, 고."

"앗, 그거 좋다! 말이 통하는 것도 좋고~!"

이미 완전히 외국에 가기로 결심을 굳힌 루나를, 내 마음이 따라잡지 못해 허둥거리고 말았다.

"……정말로 괜찮겠어? 한동안은 친구나 가족들도 못 만날 텐데……."

"그렇겠지. 친구는 몰라도 쌍둥이의 성장을 가까이에서 지켜볼 수 없게 되는 건 조금 아쉽지만……. 아이들이 자라는 건 정말 순식간이니까."

쌍둥이 여동생의 육아로 분투한 나날들을 회상하고 있는지 루나의 입가에 다정한 미소가 걸렸다.

"그래도 미스즈 씨가 가족 앨범 앱에 매일 사진이랑 영상을 추가해 주니까 실시간으로 상황을 알 수 있고, 그럴 마음만 먹으면 영상통화도 할 수 있어."

살짝 고개를 숙인 채 그렇게 말한 뒤 시선을 들어 나를 쳐다본다.

"류토가 일보다 나를 선택해 준 것처럼, 나도 다른 누구보다 류토와 함께할 수 있는 시간이 소중하니까."

"루나…… 고마워……."

그제야 겨우 그렇게 말할 수 있었다.

"나, 힘낼게, 일……. 루나랑 함께 있을 수 있다면…… 뭐든 할 수 있을 것 같은 기분이 드니까……."

감격으로 목이 멘 내게 루나가 힘차게 고개를 끄덕인다.

"응, 힘내! 류토라면 반드시 할 수 있어. 그렇게 생각하니까, 응원하고 싶어. 그도 그럴 게 우린 서로의 응원단이잖아?"

그건 아주 예전…… 분명 고2의 마지막쯤에 둘이서 했던 말이다.

"원하는 걸 전부 선택할 순 없다는 걸, 나는 초등학교 5학년 때 배웠어."

"……."

틀림없이 부모님이 이혼해서 어머니나 쿠로세와 떨어져 살아야만 하게 됐을 때를 말하는 것이리라.

"그래도 지금의 나는 스스로 고민해서 스스로 선택할 수 있게 됐어. 그게 어른이 된다는 거라고 생각하니까, 이 결단에 만족해."

차분한 톤의 목소리로 말한 뒤, 루나는 불현듯 깨달음을 얻은 듯한 표정을 지었다.

"……그렇구나. 어른이 된 거구나, 나……."

나는 과거를 회상하듯 눈을 가늘게 뜨는 루나의 가슴에 오가고 있을 기억을 상상했다.

그건 미스즈 씨와 같이 살게 된 걸 받아들이지 못해 침울해하던 고2 때의 기억일까, 아니면 빨리 어른이 되려고 스포츠카처럼 연애 경험을 거듭했던, 나를 만나기 전의 기억일까…….

"그러니까, 괜찮아. 이미 결정했어."

단호히 그렇게 말하는 얼굴의 어디에서도 망설임은 보이지 않았다.

루나는 나를 응시한 채로 해바라기 같은 미소를 지으며 말았다.

"결혼해서, 같이 인도네시아로 가자!"

그런 루나가 너무나도 사랑스러워서 나는 순간 넋이 나갈 뻔했다가 정신을 차렸다.

"……헉, 잠깐만 기다려!"

"응?"

"그거, 내가 말하고 싶었어……."

"엥~? 전에 이미 말했으니까 상관없지 않아?"

"그렇긴 하지만……."

루나에게 역 프러포즈 같은 말을 들은 건 기쁘지만, 나에게는 한 가지 플랜이 있었기 때문이다. 플랜의 내용…… 대사 부분은 조금 변경될 것 같지만.

"잠깐만 기다려."

나는 그렇게 말하며 침실 옷방 구석에 숨겨 둔 작은 상자를 꺼냈다. 흰색 포장지로 싸고 거즈 같은 소재의 리본을 둘러놓은 손바닥 크기의 직육면체.

소파로 돌아와 그것을 루나에게 건넸다.

"이거, 생일 선물."

"엇…… 고마워! 뜯어봐도 돼?"

나는 말없이 고개를 끄덕였다.

"와아~, 뭐지~?"

노래하듯이 말하며 루나가 리본과 포장지를 풀고 모습을 드러낸 하얀 상자의 뚜껑을 열었다.

그 안에 자리 잡고 있는 건 하얀색 돌이 박혀 있는 반지였다.

"와아…… 예뻐! 진주 반지네!"

루나가 눈을 빛내며 탄성을 질렀다.

"이런 말을 할 거면 다이아몬드가 더 나았을지도 모르겠지만……."

변명처럼 말하며 나는 그 반지를 상자에서 빼냈다.

"아냐! 진주도 내 탄생석이니까, 기뻐!"

여전히 반짝이는 눈으로 루나가 내게 말했다. 탄생석이 여러 개 있다는 걸 루나는 알고 있었구나. 역시다.

“그래도 비싼 거 아냐? 괜찮아?”

“아니, 담수 진주? 라고 하는 것 같아서, 예산을 넘진 않았어.”

“그래? 엄청 예뻐서 비싸 보여~!”

“……이거, 그 반지를 산 곳과 같은 가게에서 산 거야.”

내가 그렇게 말하며 시선을 향한 곳은 루나가 오른손 약지에 끼고 있는 문스톤 반지였다.

“뭐?! 거짓말! 이건 여름 축제에서 산 거 아니었어?!”

“맞아. 지난번에 사요 씨 집으로 갔을 때, 루나랑 마주치기 전에 우연히 그 노점을 냈던 가게를 발견했거든.”

“그렇구나……. 굉장하다! 운명이라는 느낌.”

운명이라는 말에, 나는 또 하나 배웠던 지식이 떠올랐다.

“이것도 루나라면 알고 있으려나. ……진주는 ‘달의 물방울’이라고 불린대. 그러니까 6월의 탄생석인 문스톤이랑 진주는 둘 다 달이랑 연관이 있는 거지.”

이것도 가게 직원 누나에게 들은 정보다. ‘여자 친구의 이름에 달이 들어 있어서 문스톤을 받고 기뻐했다’고 말하자 가르쳐 주었다.

“헐, 몰랐어! 그랬구나…….”

루나는 놀람과 감동을 담은 눈동자로 나를 바라보았다.

그런 그녀의 왼손을 잡고, 약지에 진주 반지를 살며시 끼운다.

루나는 얼굴 높이로 양손을 들어 좌우 양쪽에서 반짝이는 두 개의

'달의 돌'을 쳐다보며 가슴 벅찬 표정으로 미소를 지었다.

"예쁘다……."

그런 그녀를 바라보며, 나는 얼굴을 굳히고는 각오를 다지며 입을 열었다.

"저랑 결혼해서, 함께 인도네시아로 가 주세요."

긴장해서 입이 말랐다. 거절당하리라는 생각은 들지 않았지만, 인생의 중요한 국면에서 꺼내는 말에는 그에 상응하는 각오가 동반된다는 걸 알았다.

그러자 나를 마주 본 루나가 그 커다란 눈을 어떤 보석보다도 눈부시게 빛내며.

"네♡"

달콤한 목소리로 대답하더니 내 목을 끌어안고 아기 고양이처럼 치근거리기 시작했다.

보들보들한 실내복이 서로의 살갗에 녹아들 듯이 포개진다.

루나의 실내복 앞섶 사이로, 검은색 레이스가 달린 속옷이 들여다보였다.

"이거, 지난번에 류토가 골라 줬던 거야♡"

루나가 내 귀에 유혹하듯이 속삭였다.

"버스데이 걸을 드셔 보세요♡"

케이크보다 달콤한 두 사람의 밤이, 이제부터 시작되려 하고 있었다.

후기

어린 시절 저는 자신을 밝은 인간이라고 믿어 마지않았습니다. 호기심이 왕성하고 재밌을 것 같은 일에는 그게 뭐든지 고개를 들이밀고, 농담을 연발해 가족과 친구들을 웃게 만드는 걸 아주 좋아하는…… 그런 아이였기 때문입니다.

하지만 자의식에 눈뜨는 사춘기가 되면서 문득 그런 생각이 들었습니다. 저는 매우 낯을 가리고, 모르는 사람 앞에서는 생각처럼 말이 잘 나오지 않고, 처음 보는 어른과는 제대로 눈도 맞추지 못한다는 생각이요…….

한편, 주위를 둘러보면 누구에게나 친근하게 말을 걸고 낯선 어른과도 넉살 좋게 대화할 수 있는 반 친구들이 있었습니다. 그녀들에 비하면 어쩌면 나는 그렇게 밝은 인간이 아니지 않을까. 그걸 넘어서 세상에 존재하는 대다수의 인간은 나에게 있어 '모르는 사람'이니, 모르는 사람을 사교적으로 대할 줄 모르는 나는 오히려 보통 사람들의 눈에 음침한 인간으로 보이는 게 아닐까…… 그런 생각을 하게 된 거죠.

그래도 제가 친한 사람들 앞에서는 남들의 배로 명랑한 것도 사실입니다. 대학 시절에 친구들한테 자주 들었던 말이 '마키는 첫인상이랑 친해지고 난 뒤에 받는 인상이 완전히 다르다'는 거였거든요.

제 안에 빛과 어둠, 두 개의 얼굴이 있다는 사실을 깨달았습니다. 그리고 그건 어쩌면 누구에게나 해맑게 말을 걸던 그 아이에게도 똑같이 적용되고 있을지도 모른다는…… 생각을 했죠.

그런 상상이, 『경험 많은 너와 경험 없는 내가 사귀게 된 이야기』의 구상으로 이어진 저의 원체험일지도 모르겠습니다.

나는 왜 그 애처럼 될 수 없을까. 그 애가 당연하게 가지고 있는 것이, 어째서 내게는 주어지지 않았을까.

그건 마리아가 루나에게 느끼는 감정이기도 하고, 류토가 루나를 동경하게 된 계기이기도 했다고 생각합니다.

서로 너무 달라서 이끌린다. 서로 너무 달라서 엇갈린다. 둘 다 진실이고, 달의 양면처럼 표리일체입니다.

루나 안에도 어둠은 있다. 그 점은 처음부터 묘사하려고 했지만, 저는 어째서인지 '태양 같은 여자아이'로 형용 되는 이 히로인에게 '루나(달)'라는 이름을 주었습니다.

루나의 어둠은 연애와 가족 문제입니다.

'경험이 많다'는 까다로운 설정이 라이트노벨 히로인으로서 쉽게 받아들여질 거라고는 생각하지 않았습니다만, 작가인 저만은 무조건 사랑할 수 있는 히로인으로 만들자고 생각하며 묘사했습니다.

그게 다행히도 권수를 이어갈 수 있었고, 다양한 미디어믹스를 거쳐 원작 외에 만화책의 번역판까지 나오게 되면서 루나는 전 세계 많은 분들께 사랑받는 히로인이 될 수 있었습니다.

루나의 천진난만한 해맑음과 사랑스러움이 까다로운 설정을 극복하고 독자분들께 받아들여질 수 있었던 것 같아 기뻤습니다. 루나의 긍정적인 마인드는 '갸루'라는 속성과도 상성이 좋았다고 생각합니다.

루나의 긍정적인 성격에는 저 자신도 여러 번 구원을 받았습니다. 앞으로의 인생에서도 분명 힘들어도 계속 앞으로 나아가는 루나처럼 살 수 있기를 기원하게 되겠죠.

루나 덕분에 확고해진 신념 중 하나가 '스스로의 의지나 노력으로는 어찌할 수 없는 일이 생기는 게 인생이다. 그래도 운명을 받아들이고 긍정적으로 살다 보면 그 끝에는 틀림없이 상상을 뛰어넘는 행복이 기다리고 있을 것이다.'입니다.

루나는 '처음으로 사귄 사람과 결혼한다'는 꿈이 깨어지긴 했지만, 그 뒤에도 연애에 소극적으로 구는 대신 자신을 좋아해 줄 남자를 긍정적으로 계속 받아들인 결과 류토라는 운명의 상대를 만났습니다. 가정에서도 동경하는 부부였던 부모님이 이혼하고, 뿔뿔이 흩어졌던 가족이 다시 하나로 뭉칠 수 있을 거라는 희망을 갖고 시도했던 '두 로테 작전'도 실패합니다만, 그 뒤에도 긍정적으로 살아간 결과 소중한 가족이 늘고 정말로 하고 싶은 일도 발견하죠. 그건 분명 본인이 쓴 시나리오대로 전개되는 인생보다 훨씬 근사한 이야기였을 겁니다.

그래도 루나처럼 긍정적인 생각을 늘 장착하고 살 수 있는 사람은 결코 많지 않겠지요. 그래서 더더욱 루나가 많은 분들께 사랑받을 수 있었던 것일지도 모르겠다고 생각합니다.

이번에도 일러스트를 그려 주신 magako 님과 담당 편집자 코바야시 님께 무척 신세를 졌습니다! 두 분께서 같이 달려 주신 덕분에 끝까지 완주할 수 있을 것 같습니다!

『경험 많은 너와 경험 없는 내가 사귀게 된 이야기』는 마침내 다음 권으로 완결입니다. 마지막 권인 10권은 이번 권의 다음 달에 발매되니, 제게는 첫 2개월 연속 간행이 되겠네요.

류토와 루나, 두 사람을 둘러싼 친구들의 청춘 이야기를, 부디 끝까지 지켜봐 주시기를 기원하며.

2024년 12월

나가오카 마키코

경험 많은 너와 경험 없는 내가 사귀게 된 이야기. 9

초판 1쇄 인쇄 2026년 1월 10일
초판 1쇄 발행 2026년 1월 15일

저자 : 나가오카 마키코
번역 : 조기

펴낸이 : 이동섭
편집 : 이민규
디자인 : 조세연
영업 · 마케팅 : 조정훈
기획편집 : 송정환
e-BOOK : 홍인표, 김은혜, 정희철, 김미연, 황진영, 장화진
라이츠 : 서찬웅
관리 : 이윤미

㈜에이케이커뮤니케이션즈
등록 1996년 7월 9일(제302-1996-00026호)
주소 : 08513 서울특별시 금천구 디지털로 178, B동 1805호
TEL : 02-702-7963~5 FAX : 0303-3440-2024
http://www.amusementkorea.co.kr

ISBN 979-11-274-9889-4 04830
ISBN 979-11-274-5206-3 04830 (세트)

KEIKEN ZUMI NA KIMI TO, KEIKEN ZERO NA ORE GA, OTSUKIAI SURU HANASHI.
Vol.9